海は見えるか

真山 仁

祥伝社文庫

目次

海は見えるか

それでも、夜は明ける

新六年生になる児童らと三木《みき》まどか先生が磨き上げた体育館の床に、柔らかい春の光が反射した。

ここは、こんな居心地のええ場所やったんやなあ。

一度でいいからここで体育の授業をしたかったと、小野寺徹平《おのでらてっぺい》はあらためて思った。東日本大震災以来、家を失った大勢の住民が肩を寄せ合って過ごす避難所として利用されてきた。見渡す限り段ボールや布団が敷きつめられ、ほとんど床が見えない状態の体育館しか小野寺は知らない。

二〇一一年三月一一日午後二時四六分に宮城県沖で発生したマグニチュード9・0の大地震は、東北地方から関東地方にかけての太平洋側沿岸部に未曾有《みぞう》の被害を及ぼした。死者・行方不明者は一万八〇〇〇人に及び、小野寺が被災した阪神《はんしん》・淡路《あわじ》大震災の被害者数を上回った。

その影響で教員数が減ったという地元教育委員会の声に応え、神戸《こうべ》市から応援教師が派遣されることになり、小野寺もその一人として遠間《とおま》第一小学校にやってきたのが去年の五月だ。それからの一〇ヵ月間はあっという間に過ぎた。

震災前の日常を少しずつでも取り戻したい——。受け入れがたい現実と目を背《そむ》けたくなる荒廃を見るにつけ、誰もが心の中でそう唱《とな》え続けた。そしてわずかでも前へ進もうと、踏ん張っている。小野寺が過ごした遠間の日々はそんな出来事の連続だった。

そして新年度を迎えるにあたり、体育館は子どもたちに返されることになった。これでまた一つ、住民は小さな日常を取り戻すのだ。

けど、なんかすっきりせえへんなあ。

それが小野寺の率直な気分だった。体育館を一歩出れば、どこもかしこも未《いま》だ被災地という非日常の風景ばかりが続いているからだろう。

あるいは、まもなくこの学校を去る寂しさゆえか……。

小野寺の派遣期間は三月末で終了する。結局、応援らしいこともできず、逆に子どもたちに教わり励《はげ》まされてばかりだった。

「なんだ、ガラにもなく寂しそうな顔して」

背後から声をかけてきたのは、〝あんちゃん〟こと中井俊《なかいしゅん》だ。遠間市民が自主的に立ち上げた「地元の御用聞き」というボランティア団体の代表で、今日の体育館の大掃除に必要な道具を調達してくれた。

「ほっといてくれ。たまには、そういう時もあるねん」

「似合わないねえ、小野寺ちゃんが黄昏《たそが》れるなんて。じゃあ、打ち上げといきますか」

威勢良く応えた時に、体育館の入口に教頭が現れ、三人の児童のうちの一人に声をかけた。

付き添っている三木も眉をひそめて教頭の話を聞いている。何かまずいことでも起きたのだろうか。

「教頭先生、何とかならないんですか」

駆け寄ると、三木が強い口調で抗議している。

「住むところがないとなるとねえ」

「じゃあ、私のところでの同居を延長するというのは、どうですか」

「それもねえ。先方が納得しませんよ」

教頭の態度は見るからに早く話を切り上げたそうだ。

「どないしたんです？」

思わず話に割って入った。

「大樹《だいき》君の里親をお願いしていた方が、この期《ご》に及んで断ってきたんです」

庄司《しょうじ》大樹本人は、大人たちのやりとりを不安そうに見ている。彼は、家族全員を津波にさらわれ、震災直後から避難所となった体育館で一人で暮らしてきた。よく気のつく長身の美少年で、避難所のアイドル的存在だった。

だが体育館が避難所の役割を終えて、地元に近親者のいない大樹は行き場を失った。

　大樹には父方の叔母《おば》が大阪にいるが、本人は遠間第一小学校の仲間と卒業したいと強く訴えている。それならと小学校を卒業するまでは遠間で暮らせるように、三木が叔母を説得した。三木の熱意に根負けした叔母は、里親が見つかればという条件を出してきた。そこで一時的に伊藤《いとう》教務主任の家で大樹を預かり、三木が里親探しに奔走《ほんそう》したのだ。ようやく探し当てたのに、反故《ほご》にされたのか……。

「このまま伊藤先生のところで暮らしたらええやないですか。三木先生もいるし。なんで、アカンのです？」

　教頭が露骨に不快そうな顔つきになっている。もうすぐ去ってしまう部外者は黙ってろと言いたいのだろう。

「女性だけの家に同居するのは、甥《おい》も年頃なのでと、叔母様が難色を示されてね」

　なんやそれと思ったが、保護者がダメだというのでは難しいだろう。

「俺が、別の里親を探そうか」

　様子がおかしいと思ったのか、あんちゃんまで参戦してきた。あんちゃんの顔の広さは半端じゃない。彼が声をかければ、すぐにでも新たな里親が見つかりそうな気がした。

「いや、中井さん、それはちょっと」

「ちょっと何なんですか」

教頭の口調にあんちゃんは引っかかった。

「せっかくの好意は嬉しいんだけれど、いろいろと条件が厳しいんだよ」

「条件って？」

教頭が口ごもった。

「あの、だったらいいです。僕、大阪に行きます」

大人たちの逡巡《しゅんじゅん》を見て、大樹が優等生ぶりを発揮した。

「いや、大樹、そんな簡単に諦《あきら》めたらあかん。きっとどないかなる」

すべきでない無責任な発言をして、しまったと思った時には遅かった。

＊

大樹の叔母が出した里親の条件は、かなり厳しいものだった。曰《いわ》く、大卒以上の学歴を持つ四〇代から五〇代までの夫婦で、公務員が望ましい。さらに、安定した収入があり、同居する子どもが他にいないこと、自宅が安全な場所にあり、大樹に個室を与えられる——。これらの条件をすべて備えた家庭でなければ里親として認めないそうだ。

あのあと、あんちゃんらと連れ立って入った居酒屋で、三木が詳細を教えてくれた。

「なんで、学歴とか職業とかスノッブな条件入れてくるねん」

「ですよねえ。でも、こちらから無理をお願いしているので、叔母様には逆らえないんです」

三木も悔《くや》しそうだった。

「そっかあ、厳しいなあ」

あんちゃんは残念そうに言いながらも、あっさり引き下がった。

「そう言わず、あんちゃん、どなたか心当たりはありませんか」

三木は必死だった。新学期が迫っているし、里親が見つからなければ大阪で六年生への進級を迎えることになり、手続きを急ぐ必要がある。教頭からは、明後日《あさって》中がリミットと言われていた。

遠間には地縁もなにもない小野寺に名案はないが、何とか大樹の希望を叶《かな》えてやりたかった。

家族をすべて失った大樹にとって、遠間第一小学校のクラスメイトは唯一の心のよりどころだ。

それに兄弟のように仲の良い二人の親友とは、三人で一緒に卒業すると誓《ちか》い合っているらしい。彼らもまた、家族の誰かを津波で失っていた。

そして生まれ育った遠間が少しでも早く復興するための役に立ちたいというのも彼らの共通の思いだ。だから、あんちゃんが運営するボランティア団体にも積極的に参加している。

故郷と親友との絆《きずな》を大切にする――。こんな当たり前の気持ちすら、大震災は引き裂こうとする。その問題の真《ま》っ只中《ただなか》で途方に暮れる大樹を、小野寺は応援したかった。

「小野寺ちゃんは、どうなのさ。誰か知り合いはいないわけ？　大樹にはあっさり諦めんなって言ってたけどさ」

「俺が遠間で何でも相談できる相手は、あんちゃんぐらいや。他に頼める人なんて、ない。いっそ亨《とおる》のところでお世話になるのは無理なんやろか」

亨は大樹の親友の一人で、今夜はそこに泊まっている。

「亨君ちは、津波でお母さんを亡くして、お父さんと小学一年生の妹の三人暮らしでしょ。条件の大半に合致しませんから難しいでしょうねえ」

ほんまに厄介《やっかい》な条件やな。

「いっそ校長先生とかどうかなあ」

遠間第一小の浜登《はまと》校長は、今年度で定年退職する。この校長の度量が大きかったからこそ小野寺は遠間第一小学校でなんとかやってこられた。男やもめとはいえ、元校長が預かるというのであれば、叔母も認めるのではないか。

「実は、わたし既に打診したんです。でも、断られちゃいました。これまでにも何度か同様の依頼があったそうですが、いずれもお断りされてるんです。だから大樹君だけを特別扱いするのは難しいとのことでした」

あの校長にしては珍しい反応だと思ったが、立場を考えると致し方ないのかもしれない。

「俺、一つだけ名案があるんだけどな」

あんちゃんはにやにやしながら勿体《もったい》をつけ、小野寺が聞いても簡単に明かさない。さんざん焦《じ》らしてようやく口を開いた。

「小野寺ちゃんが、引き受けたらいいんじゃねえの」

何、ゆうてんねん。

「残念やけど、俺はもう神戸に帰るんや」

「でも神戸には辞表出したって聞いてるぜ」

あんちゃんが嬉しそうに言った。

何で知ってんねん。

「ほんとですか?」

三木は目を丸くしている。

「いや、俺の意思表示が遅くて、神戸に戻って来ても仕事はないと言われてなあ」

「で、喧嘩《けんか》しちゃったんですか」

「まあ、そんなところや」

思い出すだに腹立たしい。

遠間への派遣教師を志願したのは、それまで在籍していた小学校で校長とソリが合わず、喧嘩したからだ。ところが遠間で子どもたち相手にがむしゃらに過ごすうちに、心機一転、神戸で頑張るのも悪くないと思い始めていた。その一方で、遠間第一小の校長から、もう一年、遠間で汗をかいてくれないかというありがたい誘いもあった。神戸に戻るか、遠間で頑張るかを悩んでいる時にくだんの校長から電話があり、そこでまたもや大喧嘩して辞めると啖呵《たんか》を切ってしまった。

「だったら、遠間に残ればいいだろ。なんで、残るのイヤなんだよ」

「イヤじゃないよ。ここは、もう俺には第二の故郷やから」

「なのに、気が進まないのか」

「そういうわけやない。ただ、神戸には帰りたくないのでここに残らせてくださいって頼むのは筋が違うやろ。第一、俺は遠間市長に睨《にら》まれてるし」

遠間市内の震災遺構の存廃について、衆人環視の場で市長に恥をかかせた件が尾を引いているのは風の便りで知っている。

「そんなの気にしないでくださいよ。私、先生に残って欲しいんですけど」

三木にまで頭を下げられた。話題が思いがけない方向に進んで、小野寺は焦った。

「こんなかわいこちゃんに、ここまで言われて応えられなかったら、男が廃《すた》るぜ、小野寺ちゃん」

あんちゃんが冷やかすように加勢した。

あかん、こいつは俺と三木先生の仲を勘違いしている。三木までもが調子に乗って、意味ありげな表情で見つめてきた。

「三木先生、ドキドキするからやめてんか。そもそも俺が残りたいと言うたからって、はいそうですかというわけにはいかんやろ」

「今の言葉、本気にしていいか」

あんちゃんが携帯電話を取り出した。

「何をする気や」

「その件で、実はある人から頼まれてたんだ。来年度もここにいてもらうように小野寺ちゃんを説得しろって」

ある人と言われてピンと来た。あのラクダ顔の男だ。

電話をかけようとするあんちゃんから携帯電話を奪った。

「いや、ちょっと待ってくれ。俺たちが悩んでるのは大樹の里親の問題やろ。あんたら、勝手に俺が適任みたいに言ってるけど、俺かて条件に外れてるねんで」

三木とあんちゃんが顔を見合わせている。

「第一、俺は独身や」

「だったら、まどかちゃんと結婚しちゃえば？」

「そうよねー、それも悪くないと思うー」

「いや、三木先生、冗談でもそんなアホなこと言うたらあきません」

「じゃ、いずれ私たちは結婚するんで、二人でお預かりしますって言えばどうかしら？」

何ちゅう無茶を言いよるんや、このお姉ちゃんは。

「新婚家庭は青少年には刺激が強すぎるって言われるかもね。でも、小野寺ちゃん、あんたが条件を満たしていないのは、独身ってことだけだろ。ならば、何とかなるって」

「いや、ウチじゃ大樹のための個室だって用意できない」

「そんなの何とでもなるから。俺が豪邸探してやっから。これで完璧じゃん」

いや、定職に就いていないという致命的な欠格事項があるだろうが。

「じゃあ、校長先生に電話するぜ」

携帯電話を返せとあんちゃんが手を伸ばしてきた。

「ほんま、やめてくれ。こんな大事なこと、安易に決めたらあかんて。そもそも大樹が、俺と暮らしたいかも分からんやろ」

「それは大丈夫です。あの子、先生のファンだから」

三木が即答した。

「そんな話、初めて聞く」

「私を信用してください。何度も聞いていますから」

このままだと、二人に強引に押し切られそうだ。

小野寺は、半《なか》ば覚悟を決めて言った。

「とにかく、まずは大樹本人と一度話をしてみる。事と次第によっては試しにウチに泊まってもらったらええ。それで一緒にやれそうやったら、あらためて俺も考える」

*

翌日の夕方、大樹が小野寺の自宅を訪ねて来た。

大樹が快適に泊まれるようにと、あんちゃんは布団を調達し、三木は手料理をご馳走《ちそう》すると言って乗り込んで来た。一緒に食べていくのかと思ったが、準備を終えると、「あとは二人で楽しくやってね」と帰ってしまった。

何となく気まずい雰囲気で〝二人だけの晩餐《ばんさん》〟が始まった。

「亨んちでは、楽しかったんか」

「はい。みなみも一緒に泊まったんです。六年生になったら、面白いことをやろうって盛り上がりました」

仲山《なかやま》みなみも一緒だったのか。やっぱりこいつらは三人揃《そろ》って卒業させてやりたいな。

行儀の良い大樹は、背筋《せすじ》を伸ばして三木の手料理をおいしそうに食べている。

「で、どんなおもろいことやるねん？」

「『わがんね新聞』に負けない壁新聞を作りたいねってことになりました」

「わがんね新聞」とは、小野寺が遠間第一小に着任してすぐに創刊した壁新聞だ。

〝遠間市立遠間第一小学校の諸君

まちは全然復興しないし、家にも帰れない。こんな生活はイヤだ。いや、おかしいぞ！

みんな、もっと怒れ、泣け、そして大人たちに、しっかりせんかい！　と言おう。

『わがんね新聞』は、世の中と大人たちに、ダメだしをする新聞です〟

創刊号に、小野寺はそんな檄文《げきぶん》を書いた。

あの大災害の直後、避難所暮らしを余儀なくされた児童が多かったにもかかわらず、小野寺が担任するクラスは誰もがみな明るく屈託がなかった。だがそれは、震災で無気力になり生活能力すらなくした大人たちを励まさなければと、元気に振る舞おうとする子どものけなげな本能だった。そんなのは健全な姿じゃない。子どもたちにこれ以上は我慢させたくなくて、小野寺はこの新聞を作った。

その創刊号は、今も小野寺の部屋の壁に貼ってある。ここに来るなり、大樹は熱心に読んでいた。

「タイトルは、『やったるで新聞』がいいねって言ってます」

それは勇《いさ》ましい新聞名やな。

「不満ばっかり言うのは、もういやなんです。これからは僕らには何ができるかを考える時です。だから、そういうアイデアなんかをみんなで考えたいんです」

「大樹、それはええな。ほな、ついでに教えてくれ。なんで、大阪の叔母さんのところに行かへんねん？　ここに残りたい理由はなんや」

大樹の顔から感情が消えた。しばらくじっと考え込んでから、「僕、逃げたくないんです」とぼそりと言った。

「何から逃げたないんや」

「全部です。家も祖母も両親も妹も、地震と津波にさらわれてしまいました。でも、避難所で大勢の〝家族〟ができて、僕はみんなに可愛がってもらって、頑張れた。その恩返しもしないで、このまちから離れたくない」

思い詰めとるなあ、こいつ。

箸を持つ大樹の手を見るだけでも分かった。

「恩返しは、大人になってからでもええんとちゃうんか」

「今しかできないことってあると思いませんか」

「例えば？」

「一緒に頑張ってきた仲間と遠間の将来について考えるのは、今しかできません」

不意に、さつきを思い出した。二人はそっくりやな。それならば大樹だって脆《もろ》い部分も持っているはずだ。

一九九五年、相原《あいはら》さつきという児童の神戸に残りたいという強い気持ちを、小野寺は汲《く》み取ってやれなかった。だからこそ、大樹の希望を叶えたいのだ。

「僕たち遠間第一小学校児童は、誰かに頼るのではなく自分たちの力で元気を取り戻したいんです。遠間の復興を亨たちと実現したいんです。先生、僕をここに置いてください」

そう言って一一歳の少年は、こちらを見た。情熱が籠《こ》もった一途《いちず》な視線だった。

「けど、先生は来年度は、ここにおらんかもしれんで」

いきなり立ち上がると、大樹はデイパックの中から分厚い紙束を取り出した。

「これ、先生に来年度も遠間第一小学校で先生を続けて欲しいという署名です」

渡された署名はずっしりと重かった。

署名の冒頭には、「まいど先生に、来年度も遠間第一小学校で、教壇に立って欲しい署名」とあった。校長以下、全教員の名が一ページ目にあって驚いた。さらには、卒業したばかりの六年生全員の名前、彼らの保護者の名もある。

「これを、明日僕ら三人で、教育委員会に持って行きます」

「いや、ちょっと待ってくれ。先生は、こんなこと頼んでないで」

「先生は、遠間は嫌いですか。僕らの先生になるより神戸の方がいいですか」

「そういうわけやないけど」

なんで俺が詰められてんねん。今晩、詰めなあかん話は俺やのうて、大樹の将来のはずやろ。

「先生！　遠間にいてください。ここで先生を続けてください。お願いします」

もしかして、罠《わな》やったんか。

罠を仕掛けたとおぼしき連中の顔が次々と浮かんだ。

とにかくその話は明日にしようと言って、食事を続けた。

気まずくなるかと思ったが、大樹はよくしゃべり、笑い、そしてよく食べた。


その夜、二人は枕を並べて寝た。珍しく小野寺は熟睡した。

その眠りが突然妨《さまた》げられた。

叫ぶような泣き声だった。

飛び起きると、隣で大樹がうずくまっている。大樹の肩を揺すってやると、彼はその手を振り払い、何かから身を守るように体を丸めた。

「おばあちゃん、お父さん、お母さん、洋子《ようこ》も！　もっと早く走って‼　ああ、やめて！」

小野寺は大声で大樹の名を呼んだ。

「大丈夫や、大樹。夢や。大丈夫やぞ」

我に返った大樹を強く抱き締めて、小野寺は何度も大丈夫と繰り返した。

「先生！　僕は自分だけ逃げたんです。おばあちゃんもお父さんもお母さんも洋子も、みんな津波に飲まれた。僕は見てるだけで何もしなかった。みんなが助からなかったのは僕のせいです。ごめんなさい、ごめんなさい」

「謝らんでええ。おまえのせいやない。おまえは頑張って逃げ切ったんや。おまえは悪くないんやぞ、大樹」

大樹が泣きじゃくっている。

嗚咽《おえつ》する大樹の背中をさすってやりながら、小野寺は何をすべきかを確信した。それが教師の、いや一人の大人の使命だと決心した。

逃げない――。それは俺のための言葉や。

夜明けを告げる鳥の声が聞こえた。

便りがないのは…

1

二〇一二年四月九日——遠間《とおま》市立遠間第一小学校の新年度が始まった。

教師になって二〇年以上になる小野寺《おのでら》だが、新年度の始業式だけは格別の一日だと、毎年感じている。

今年は、どんな子どもたちと出会うのか。どんなクラスになるのか。そして、子どもたちにとって、頼りになる存在になれるのかどうか——。

さらに、今年はもう一つ大きな不安がある。

一年限りと決めたはずの東北での応援教師をもう一年延長したのだ。本当にそれで良かったのか、今でも分からない。

大地震と津波で多くのかけがえのないものを失い、一年経《た》った今なおまちは瓦礫《がれき》に埋《う》もれている。〝復興〟という言葉は声高に叫ばれているが、現状は〝復旧〟すらままならない。未《いま》だに我が家に帰れない児童も少なくないのに、始業式にはみんな元気に顔を揃《そろ》えている。

今年もこいつらと楽しくやろうやないか！

小野寺があらためて心に誓《ちか》った時、六年一組の男子児童が、レスラーのような体格の新《にっ》田鉄男《たてつお》教諭に連れ出された。

子どもたちがざわついた途端、「全員、集中。先生が話している時は、必ず先生の目をしっかりと見るように」と、朝礼台の上から新校長が注意した。

高圧的な新校長も厄介《やっかい》だったが、それよりも小野寺の視線は、列から離れる二人を追いかけていた。

男子は初めて見る顔だった。今年度から統合した遠間第二小の児童だろう。新六年生とはいえ、小学生とは思えぬ立派な体格で、上背は、ほぼ新田と変わらない。しかも教師に引きずり出されているというのに、太々《ふてぶて》しいほど平然としている。第二小から移ってきた新田が、第二小から来た子どもの中には〝札付きのワル〟がいると、職員室で話していたのを思い出した。

新田は校庭端のフェンスの近くまで児童を引っ張って行き、いきなり威圧するように顔を児童の間近に寄せ、睨《にら》みつけている。

あちゃ～、新年度早々、派手なことやりよる。

「まずいな」

止めに行こうとした小野寺の二の腕を、隣にいた三木《みき》が摑《つか》んだ。三木の視線の先で、教務主任の伊藤《いとう》が駆け寄っていた。

伊藤主任は二人の間に割って入った。そして、問題の児童の顔を覗《のぞ》き込んだ瞬間、児童の太い両手が伊藤主任の胸を強く押した。伊藤は小さく悲鳴を上げて尻餅《しりもち》をついた。

新田が大声で「こら!」と怒鳴り、整列していた児童の後ろ半分ぐらいが振り返った。

「言ったはずだぞ!　先生が話している間は、よそ見をしない!」

校長が声を張り上げているが、無視する児童が何人もいた。我慢できずに小野寺は助けに行こうとするのだが、三木は手を離さない。

「いや、三木先生、あれは放っておけへんわ」

彼女の手をふりほどいた時、養護教諭の渡良瀬泰子《わたらせやすこ》が駆けつけた。ふくよかな渡良瀬が、まず伊藤主任の尻や背中についた砂を払ったあと、問題となった児童の肩を抱いて校舎の方に歩き出した。

なんやあいつ。渡良瀬先生やったら、あんなおとなしく従うんかいな。

「今年度からは第二小と一緒になった新しい遠間第一小学校が始まります。みんなで新しい歴史を作りましょう」

校長がやけ気味に挨拶《あいさつ》を締めくくった。

一体、どんな歴史を作る気や。

朝礼台に立つ校長を、小野寺は呆《あき》れながら見上げていた。

東日本大震災から一年余りが経過し、遠間第一小学校の児童は半数以下に減っていた。転居した家庭が増えたからだ。生活の安定や子どもの将来を考えれば、移住は致し方ない選択だった。故郷を捨てるのは辛《つら》いが、仮住まいで定職に就けない状況で、どうやって子どもたちの未来図を描くのか。地域との絆《きずな》を断ち切ってでも、新天地を選ぼうとする親の決断を、小野寺は立派だと思った。

その一方で、残された人々の心には「見捨てられるかもしれない」という疎外感が膨らんでいく。

海辺のまちには未だに大量の瓦礫《がれき》が残り、かつて建物があったことを示す基礎部分のコンクリートばかりが地面にへばりついている。津波で打ち上げられたきり放置されている漁船もまだ校区内には残っている。震災遺構として保存するかどうかの決着が先送りされてしまった大型漁船・幸福丸《こうふくまる》も残されたままだ。

果たして遠間市はどんなまちに生まれ変わるのか。議論はあってもビジョンはなく、新しい生活は見えてこない。

残された児童の大半も、仮設住宅や親戚の家の間借りという窮屈な暮らしを続けている。

そんな寂しさを抱《かか》える中で迎えた新年度だった。

ただ、遠間第二小と第一小が統合されて新しい仲間が増えるのは嬉しい話題だ。何より賑《にぎ》やかになるし、良い変化も期待できる。むしろ憂鬱《ゆううつ》なのは、校長の存在だった。

前校長の定年退職に伴い着任した古本和茂《ふるもとかずしげ》校長の前職は、市教委の学校教育課長だ。校長にもいろんなタイプがいるが、五二歳にしてＶ字体形が自慢らしい古本の場合は、支配欲が強そうだ。校内で行われるすべてを把握しないと気が済まない。その上、教諭たちの意見もほとんど却下するし、あらゆる方針を独断し規則厳守を徹底させる。

新校長が着任して以来、小野寺は一日三度は衝突している。いや、衝突するくらいならまだいい。小野寺がいくら意見を主張しても一顧だにされないのが不愉快だった。

「それでは、各学級に戻って担任の先生から訓辞を戴《いただ》きましょう」

校長がそう言うと、司会役の新田が飛んで来て、「気をつけ！　駆け足準備！」と叫んだ。

2

何事も最初が肝心――。そう気合いを入れて、小野寺は六年二組の教室のドアを開けた。

ざわついていた教室内が静まりかえった。

「まいど！」

教壇に立った小野寺は、右の親指を天井に向けて立てた。遠間に来て以来ずっと続けていた子どもたちへの挨拶であり、ポーズだった。

だが、反応がない。

「なんや、おまえら、一から説明せんとあかんのかいな。ええか、先生がこうやって『まいど！』って言《ゆ》うたら、負けんぐらいの大きな声で同じポーズで『まいど‼』って返すんや。それぐらい知ってるやろ、小林和彦《こばやしかずひこ》」

教壇正面の席に座る児童の名を呼んだ。

「ええと、はい」

小さな声が返ってきた。そもそも初めて担任となる教師にいきなり名前を呼ばれたのに、驚きもしない。昨夜、二組の二七人全員のフルネームを、席の場所と一緒に必死で覚えたのがむなしくなった。

「ほな、もう一回行くぞ、まいど！」

教室内を見渡したが、こちらを見ている児童は半数しかいなかった。他は関心がないように俯《うつむ》いたり、窓の外を見ていたりする。

「みんな、こっち向け。校長先生がおっしゃってたやろ。先生がお話ししている時は、先生のつぶらな瞳を見るんや」

言ってすぐに後悔した。言うに事欠いて、あんなけったくそ悪い男の言葉を使うなんて。

それでも、まだ視線を合わせない子どもが数人いた。

「真中愛《まなかあい》、金森次朗《かなもりじろう》、徳本翔《とくもとしょう》、先生の目を見るんや！」

名指《なざ》しすると、三人がようやく反応した。

「よし、せーの、まいどっ！」

「まいど」

「元気ないな。もういっぺん、まいど！」

今度は元気な声が返ってきた。

「その調子や。ええか、先生がまいどって言って指を立てたら、必ず言うねんぞ。コール&レスポンスや」

再び「まいど！」とやると、応えるものの、気の抜けたような声ばかりだ。

「おーい、もっと元気出せよ。おまえらは、今日から遠間第一小学校の最高学年になったんやからな。第一小の〝顔〟やねんで。分かるな、田中美帆《たなかみほ》」

左奥の席にいた背の高い児童が、名指しされて立ち上がった。

「えっと……分かりません」

「顔とは、代表ということや。分かるか」

「分かりません」

「何でや」

「あの、どうして顔が代表という意味になるのかが分かりません」

どうもノリと勘が悪いなあ、今年のクラスは。

「誰か、代わりに答えてやれ。仲山《なかやま》みなみ、どうや？」

みなみはクラスの期待の星だと小野寺は思っている。彼女は昨年度後半、五年生の学年副代表として活躍し、学年の中でも目立っていた。それなのに、今日のみなみは窓際の席で心ここにあらずの体《てい》で、外を眺めている。

「みなみ、雲に乗る夢でも見てんのか」

みなみは、はっとして立ち上がると、「すみません。もう一度、質問してください」と言った。小野寺は、同じ質問を口にした。

「私たち六年生が下級生を引っ張る先頭に立つからですよね」

さすがは、みなみ。よう分かってる。

「よっしゃ、ばっちりや。ええか美帆、しっかり下級生のリーダーになってくれよ」

それから小野寺は黒板に自分の名をフルネームで書き、ふりがなを付けた。

「みんなも知ってると思うけど、先生は遠間の人じゃありません。兵庫県神戸市から去年、応援でやってきて、すっかり遠間が好きになってしまいました。それで、もう一年、みんなと過ごすことにしました」

その時、三人の児童が唐突に席を立って、勝手にうろつき始めた。

「松下卓《まつしたすぐる》君、先生は自由に歩いてええと言うてへんぞ」

だが当人はまったく意に介する様子もなく、せわしなく教室を歩き回っている。他の二人も同様だ。

久しぶりに見た。神戸で勤務していた時にも、そういう子どもがいる学級があった。

次の一手に迷った。願わくは自らの意思で席に戻って欲しい。それが無理ならクラスメイトがそう仕向けるのが次善だが、その気配もない。

「先生、気にしないで。松下と麗那《れいな》は、一年生の時からあんなでしたから」

学級委員長候補だと聞かされている内田駿也《うちだとしや》が冷たく言った。

「あの、時任《ときとう》君も第二小時代からこの調子です」

第二小出身の南条《なんじょう》明《あきら》がつけ足した。

だから、放っておくのか。確かに三人とも個人票には徘徊《はいかい》癖があると書かれていた。本来は特別支援学級に入れるべきだともある。しかし、教員が足りていない。小野寺はこの三人にじっと座っていることぐらいは覚えて欲しいと思った。

ダメ元で、栃原《とちはら》麗那の手を取って席に着かせた。ついで松下、そして時任も同じように座らせた。しかし、教壇に戻った時には松下と時任が、再び立ち上がっていた。

あかん、とりあえず今は放置するしかないか。

「この三人に席に着いてもらうためのいい方法がないか、先生も知恵を絞るけど、みんなも一緒に考えてくれ」

「それは無理じゃねえの。こいつら、おかしいし」

南条明が大人びた口調で言った。

「南条、おかしいってどういう意味や」

「決まってんじゃん。注意欠陥多動性障害《ADHD》ってやつだろ」

利《き》いたふうなこと、ぬかしよって。

「じゃあ、おまえはおかしいんじゃないんか」

「俺のどこがおかしいんだよ」

「クラスメイトをバカにする発言はおかしいやろ。おまえ、そんなことも分からんのかっ！」

思わず怒鳴ってしまった。怯《おび》えたように、あるいは拗《す》ねたように顔を歪《ゆが》めて、南条は黙り込んでしまった。

小野寺はますます気持ちが沈んだ。

おまえが一番おかしいわ、徹平《てっぺい》。売り言葉に買い言葉で怒鳴りつけて、子どもを抑え込むなんぞ下《げ》の下の奴がやるこっちゃ。

「南条、怒鳴ってすまん。先生が悪かった。許してくれ」

小野寺は、南条の席の前に立つと、頭を下げた。

「いいよ、別に。俺はどうせおかしいからさ」

「そうか、許してくれるか。おおきに！」

わざと茶化して、小野寺は南条の右手を握った。こちらを見る南条の目に宿るものが気になったが、今日はこれ以上深入りしないでおこう。ひとまず教壇に戻った。

「では、これからみんなに原稿用紙を配ります。そこに自己紹介を書いてください」

えーっという不満の声は上がらない。ただ、何となく鈍い反応があって、原稿用紙を配るとだるそうに筆箱をランドセルや鞄《かばん》から取り出している。

「必ず書いて欲しいのは、今、自分が一番許せないと思うことです。いくつ書いてもええからな。正直に全部書いて欲しい」

「先生！」と内田が手を挙げた。

「なんや？」

「それを壁新聞にするのは、やめてくださいよ」

昨年度の六年生が制作した「わがんね新聞」は、やはり児童らが自己紹介を兼ねて書いた不満の発表から始まった。号を重ねるごとに全校生はもちろん、地域やマスコミからも注目を浴び、発刊の由来もすっかり有名になり、今や知らない者はいなかった。

「なんでや。今年も作って、『わがんね新聞』以上の評判を目指そうやないか」

「はんたーい。そんなの面倒くさいじゃないですか。僕らは先輩たちとは違います」

それは全員の総意なのかと教室を見渡した。淀《よど》んだ空気の中で、何となく内田の意見を支持するムードが漂《ただよ》っていた。

3

どの作文も、散々な内容だった。自己紹介も数行しか書かれておらず、不平不満について言及しているのは三分の一もない。

本当の意味での〝不満〟を書いたのは、四人しかいなかった。そのうちの一人は内田で、壁新聞には反対していた割に意見をきちんと書いていた。

〝去年の六年二組と比べないでください。僕らは、先輩たちほど優秀でもガッツがあるわけでもありません。僕らが望んでいるのは、『フツー』です。地震や津波の恐怖や、辛さを忘れるためにも、僕らは普通でいたいです〟

胸が痛んだ。

俺は、去年と比べるつもりなんてないぞ。おまえらと、新しい六年二組を作れたらええ。俺は、誰とも比べへん。

しかし、マスコミにも何度も取り上げられた去年の六年生を羨望《せんぼう》し、そしてどことなくコンプレックスを感じている子もいるのだと、小野寺は知った。こういう感情は、簡単に拭《ぬぐ》えるものではない。

そして仲山みなみの作文も気になった。

〝腹の立つこととか不満とかはありません。

地震は怖かったし、余震も怖いです。たくさんの大切なものがなくなったし、元にもどらないのは、とても悲しいです。

でも、地震が起きたから気づいたこともたくさんあります。励《はげ》まし合う親友がいてくれて本当に良かったと思いました。そして避難所で一緒に暮らしたり、学校行事を通じて、自分の考えを言葉にしたり行動にする大切さを知りました。

そんな毎日を送るうちに、うまくいかないのを地震のせいにするのはやめようと強く思うようになりました。

一つだけ心配なことがあります。それは、親切にしてくださった自衛隊員の方と続けていたメールが途絶えてしまったことです。

自衛隊が遠間から去ったあとも、その隊員の方とはメール交換していました。遠間が元気を取り戻す様子を伝えていました。いつもあたたかいお返事をくれたのに、最近は来ません。一年経って、遠間のことを忘れたのかなあと思うこともあります。でも私は自衛隊の方に感謝しています。お風呂がとてもうれしかった。

私は自衛隊のみなさんが被災地でしてくださったことを、もっと伝えていかなければと強く思っています〟

子どもはいつの間にか成長する。みなみはその典型なのかもしれない。そして成長に伴って他人を思いやる気持ちが芽生《めば》え、今度はそれによって新しい悩みが生まれるのだ。

「お疲れ様です」

三木がため息と一緒に出席簿を机の上に置いた。

「おっ、お疲れ。なんや、メチャメチャ疲れとるやんか」

「疲れすぎてゲキやばですよ。これから先が思いやられるなあって」

教員生活四年目になる三木は頬を膨らませている。

「問題多しか」

「もう、いきなり徘徊する子はいるし、私が話している時にからかう悪ガキが何人も。そして、なんだかみんな無気力」

いずこも同じか……。

「去年は低学年を担任していたせいで、ギャップがあるのかなとも思ってたんですが、違いますね。あいつらやる気ないし、教師舐《な》めてます」

憤懣《ふんまん》やるかたないらしい。

「ほな、一杯行くか？」

その時、教務主任の伊藤と目が合った。三木は事情があって昨年から、伊藤家に間借りをしている。伊藤は〝ザ・風紀〟というあだ名があるほど、規律に厳しく、教師同士が呑《の》みに行くのも「可能な限り慎むべき」という堅物だった。

「先生もどうです？　今朝は大変やったし」

「あなた、大樹《だいき》君はどうするんですか」

庄司《しょうじ》大樹は、大阪の叔母の了解を得て、小野寺と一緒に暮らしている。

「一緒に連れて行っても大丈夫な店があるんですよ」

「まさか大人の呑《の》み会に、児童を同席させるわけ?」

「いや、そうじゃないんですよ。〝おつかれちゃん〟て居酒屋、知ってはりますか」

「地元の御用聞き」という地元ボランティア団体が、復興支援の一環として復興商店街の中で始めた飲食店で、居酒屋というよりファミリーレストランの趣《おもむき》だ。

「中井《なかい》君の店でしょ」

ボランティア団体の代表が中井俊《しゅん》だ。

「そうです。あそこならお酒を飲んでいても、大樹は仲の良いボランティアの若者たちとご飯食べてくれるんで安心なんです。週に一度だけ、賑やかな外食もいいかなと思って連れて行ってるんです」

嘘は言っていないが、三日前にも行ったばかりだ。

「じゃあ、私も今日は呑みたい気分だから、おつきあいしましょう」

思いがけない反応に、嘘やろと思いながらも小野寺は歓迎した。

「その前に、校長と市教委まで出かけてくるので、お店で落ち合いましょう」

午後六時半現地集合と約束して伊藤が職員室を出て行くと、三木に声をかけた。

「ちょっと三木先生に読んで欲しい作文があるんですけど」

みなみの作文だ。三木が真剣な眼差《まなざ》しで読んでいる間に、二人分のインスタントコーヒーを入れようと小野寺は給湯室に向かった。

席に戻ると三木は、深刻な顔つきで作文を見つめている。

「みなみちゃんが、こんなことで悩んでいたのを知りませんでした。私は、年の離れたお姉ちゃんだっていつも言ってたのに。思いあがりも甚《はなは》だしいですね」

「いや、先生が落ち込む必要はないですよ。それより、あいつが自衛隊員とメール交換をしていたのは知ってましたか」

「ええ、何度か見せてもらったこともあります」

「その自衛隊員とみなみの間で何かあったんですか」

「よくは知りません。ただ……」

三木が口ごもった。みなみの作文を読んで自身の辛い記憶を思い出したのだろうか。三木は遠間南小で被災し、その時に教え子一人を亡くしている。その後、校長と二人で避難した校舎の屋上で一夜を過ごし、そこで校長は低体温症と心臓病で帰らぬ人になった。そんな経験があったことなど、普段の三木はおくびにも出さないが、完全に克服しているわけがないのだ。

「小野寺先生は、みなみちゃんが津波でお兄さんを亡くしたのは、ご存じですよね」

「うん。確か高一の兄ちゃんが亡くなってるんやな」

担任する二七人全員の家族構成、特に震災の影響については頭に叩き込んである。

「自衛隊員が、お兄さんの遺体を洗ってくださったんだそうです」

マスコミは詳しく伝えていないが、震災で命を落とした遺体の多くは、ヘドロなどにまみれて泥だらけだった。それらはすべて、検視のために自衛隊や警察によって収容された。検視手続きを経《へ》なければ死体検案書が書けず、荼毘《だび》に付すことができない。大災害の時であっても、法律が規定している以上は例外はなかった。それで遺体の汚れが酷《ひど》いと検視の妨《さまた》げになるため、洗浄が行われたのだという。

「通常は、警察がやるんだそうです。でも、圧倒的に人手が足りず、遠間市では自衛隊も協力したんです」

みなみが〝メル友〟の隊員と知り合ったのは、彼が兄の遺品を届けてくれたからだという。さらに、遠間市に自衛隊が仮設の風呂を用意した時に、みなみはその隊員と再会している。

「詳しくは知りませんが、みなみちゃんが御礼メールを送ったことからメール交換が始まったようです。タッちゃんて呼んでました。亡くなったお兄ちゃんもタッちゃんでした」

偶然にも、死んだ兄と同じ名で、辰彦《たつひこ》といったそうだ。

「隊員さんからは、被災地で見つけた花や鳥なんかを写メで送ってもらったそうです。それでみなみちゃんの方は、学校で作った料理やイベントの写真を送っていたみたい」

「その〝メル友〟から連絡が来ないって、相談されたことはあるんですか」

「ありませんでした。五年生は卒業式の準備で大変だったし、みなみちゃんは学年副代表でしたしね」

それが、少し落ち着いて、進級で環境も変わり連絡が途絶えたことが辛くなってきたのかもしれない。

「小野寺先生、みなみちゃんに話を聞いた方がよくないですか」

「それも考えたんやけど、事が事だけに無神経に踏み込んだらあかんなあと思ってるんです。この文面だと、〝メル友〟との連絡が途絶えたことより、我々がもっと自衛隊に感謝せよとも取れるからなあ」

言い終わる前に三木が立ち上がった。

「先生、相変わらず女心が分からないんですね。これは、明らかにＳＯＳです。行きましょう」

「行くって、みなみの家にか」

「あの子は、学童にいますよ」

今年度から、放課後の学童保育が復活した。みなみは、その手伝いをしているのだという。

学童保育の子どもたちは皆、校庭の桜の木の下に集まっていた。遠間第一小学校には校庭を囲むように桜の木が植えられている。小学校が創立された年に植えられた校門前の桜から始まり、毎年少しずつPTAの人たちが植林を続けてきたのだ。だが、あの震災で、その三分の一は津波になぎ倒されてしまった。さらに、生き残った木もほとんど蕾《つぼみ》をつけなかったのだが、南側フェンスのまわりにある一部の木だけは今年わずかに花を咲かせていた。

みなみは、低学年の女の子二人を相手にままごと遊びをしていた。

「あっ、まどか先生が来たよ」

「ゆきちゃん！　元気⁉」

三木が前年度に受け持っていた教え子のようで、名前を呼ばれた女の子が嬉しそうに三木に向かって駆けてきた。小野寺はもう一人の児童に向かって親指を立てた。

「まいど」

「なに？」

「さなちゃん、この先生は、こうやってご挨拶するの。だからお返事もまいど！　なんだよ」

みなみがやってみせると、さなは嬉しそうに真似《まね》た。

その場はまどかに任せて、みなみに声をかけた。

「みなみ、ちょっと、話しよか」

少し離れた桜の木の下にあるベンチに誘った。

「作文のことやねんけどな、三木先生から、事情は聞いた。良かったら、その〝メル友〟の話を、もう少し詳しく聞かせてくれへんかな」

みなみは足下《あしもと》をじっと見つめたきり何も言わない。

「メールが最後に来たんは、いつや？」

「二月の終わり頃です」

もう一ヵ月以上も前か。

「しょっちゅうやりとりしてたんか？」

「一ヵ月に二回くらいメールしてました。だって、大切な任務の邪魔をしたくないですから」

いじらしい心遣いやな。

「彼はまだ、遠間にいるのか」

「一月に、駐屯地《ちゆうとんち》に戻ったというメールが来ました」

見せてくれ、という言葉を呑み込んだ。

みなみにとってこの文通は大切なものだ。教師とはいえ、気安く見るべきではない気がした。

「その人の所属とかは分からへんのか」

みなみが寂しげに首を振った。

そうすると、捜すのはちょっと大変そうだな。だが、それをやるのが小野寺徹平やないか。

「先生がその人を捜してみよか」

「ほんとですか！」

やっと目を合わせてくれた。しかも、その言葉を待っていたようだ。

なるほど、俺は女心が分かっていないわけやな。

「まあ、おまえがぜひにと言うんやったら……」

「お願いします。捜してください。私、心配で、心配で」

夢中になったせいだろう。みなみは、最後は小野寺の両腕を握りしめていた。

「何が心配なんや」

「駐屯地に帰ってから眠れなくなったってメールが来たんです。怖い夢を見るんだって」

「どんな夢や」

「それは教えてくれませんでした。でも、きっと遠間の夢だと思うんです。タッちゃんは、遠間に来てから一年近くも遺体の捜索と洗浄ばかりしていたんです！」

小野寺は、みなみが何を気にしているのか漠然と分かった気がした。

兄の遺体をきれいに洗浄し、久しぶりのお風呂に入れてくれた優しい隊員を、自分たちは苦しめていたのではないかと思い詰めているのだ。

「心配せんでええ。タッちゃんは大人や。それに何よりプロや」

「だったらいいんです。でも、眠れないし、毎日が辛いって言ったきり、連絡が取れなくなるのって心配じゃないですか」

小野寺は別の理由も考えていた。通常の任務に戻って忙しかったり、子ども相手のメールに飽きたのかもしれない。だが、みなみの心配はこのままでは解決しない。

「分かった。先生が捜してみるわ。そのタッちゃんの情報を先生に教えてくれ」

自衛隊員の名は〝宮坂《みやさか》辰彦〟といった。それから、二人で撮ったという写メのデータをみなみは転送してくれた。

4

その夜、居酒屋〝おつかれちゃん〟で、中井に声をかけた。店外に連れ出して、発災直後から遠間市に駐屯し、遺体の洗浄作業に当たった自衛隊の部隊を調べて欲しいと頼んだ。

「このまちに来ていた自衛隊のことなら、調べられるはずだよ。俺も協力すっから、絶対捜し出してやろうな」

それから後は、三木と小野寺が始業式で抱いた違和感の話題で盛り上がった。少し遅れて伊藤が合流してからは、遠間第一小学校の今後を憂えながら、酒を酌み交わした。その間、大樹は大学生ボランティアたちと楽しげに食事をしていた。会食後は、「地元の御用聞き」スタッフが、全員を車で送ってくれた。

玄関に入った時、大樹が突然言った。

「先生、みなみの〝メル友〟のこと、よろしくお願いします」

翌日の昼休みに、早くもあんちゃんからメールが来た。

〝朗報。タッちゃんの隊、判明！　伊丹《いたみ》の陸上自衛隊の第3特殊武器防護隊に所属する第13化学防護隊だって。

住所は兵庫県伊丹市の千僧《せんぞう》駐屯地——。

神戸の近所だぜ、小野寺ちゃんファイト！〟

伊丹か……。阪神・淡路大震災の際も、たくさん世話になったな。


週末に伊丹に行くと決めてすぐに、現実的な問題にぶち当たっていた。

果たして自衛隊がちゃんと対応してくれるのかどうかだ。彼らはそうでなくても忙しい。厳しい訓練も続けている。そんな中、しかも週末に、いきなり東北から来た一教師が、児童の悩みを解決したいので協力してくれというのは、あまりに脳天気ではないか。

とはいえ自衛隊に知り合いはおらず、もう当たって砕けろしかないかもしれないと覚悟した矢先、またしてもあんちゃんが問題解決してくれた。

どういう伝手《つて》か知らないが、伊丹に駐屯している第3師団の副師団長にかけあって面会の約束を取りつけてくれたのだ。

——副師団長が隣町の出身でさ。事情を話したら、喜んで協力すると言ってくれた。

あんちゃんに背中を押されて、小野寺は向かうことにした。

土曜日の早朝――、伊藤教務主任に大樹を預けてから伊丹を目指した。

タッちゃんが所属している第13化学防護隊は伊丹市千僧駐屯地を拠点にしている。同駐屯地は、伊丹空港から一五キロほど西の伊丹市広畑《ひろはた》にある。神戸の教員時代に、何度か遠足で行ったことがある昆陽池《こやいけ》公園の近くだった。

奮発《ふんぱつ》してタクシーに乗り、駐屯地前に到着すると、柄《がら》にもなく緊張して喉《のど》がからからになった。

ゲート脇にある警備員詰所で名乗ると、副師団長がロビーまで迎えに来るという。

マジか。副師団長といえば、めちゃくちゃ偉い人なのに。あんちゃんの人脈はすごいな。

指示された通りロビーで待っていると、肩幅の広い初老の男性が笑顔で近づいてきた。

「遠いところを、ようこそお越しくださいました」

「こちらこそ、無茶なお願いを聞き入れて戴《いただ》きありがとうございます」

厳《いか》めしい制服姿で現れるものとばかり思っていたのだが、副師団長の柏原《かしわばら》はネクタイも締めずダンガリーシャツにスラックスという軽装だった。自衛隊の高官には到底見えない。

駐屯地司令室に案内されると、小野寺と同世代らしき男性が待っていた。彼も制服ではなく普段着だ。二人とも〝休日出勤〟に違いない。

柏原が「第13化学防護隊長の小西《こにし》です」と紹介すると、小西は名刺を差し出した。

「小西です。遠間の皆さんは、お元気ですか」

「皆、元気でやっています。元の生活に戻るまでは、まだまだ大変でしょうが、それでも一生懸命毎日を過ごしています」

小野寺は空港で買った菓子と、柏原副師団長に渡して欲しいとあんちゃんに頼まれたお土産を手渡した。

「ほお、芭蕉菜《ばしょうな》漬けじゃないですか。浜登《はまと》先輩のお手製ですな。これは嬉しい」

突然、遠間第一小前校長の名が出て驚いた。

「浜登先輩というのは、浜登大吾《だいご》さんのことですか」

「そうです。浜登先輩には高校の剣道部でお世話になりました。ずっと家族ぐるみのおつきあいをしております」

それで合点《がてん》がいった。あんちゃんの人脈に自衛隊のお偉いさんまでいることに驚いたのだが、柏原副師団長は浜登前校長の知り合いだったのか。

「浜登先輩は、お元気ですか」

「ご隠居さんとは思えんほど元気です。私が遠間で一番お世話になっている方なんですが、一番の呑み友達でもあります」

「そうですか。ぜひ一度、こちらにも遊びに来てくださいとお伝えください」

すっかり和《なご》んだ雰囲気の中で、小野寺は本題に入った。まず、みなみの作文を見せた。彼女から了解も得ている。

柏原は顔色一つ変えず作文を読んで、小西に渡した。小西は読み進むうちに感情が高ぶってきたのか、作文を持つ手に力が入っていた。

「こんな風に地元のお子さんから言ってもらえて、感激です」

感無量という気持ちが滲《にじ》み出ている。

「素直な気持ちだと思います。私も、皆さんにお世話になったことを、学校で児童たちにきちんと伝えたいと考えています」

「恐縮です」

そう言ったきり小西は黙り込んでしまった。代わりに柏原が口を開いた。

「それで、小野寺さんが捜しておられるのは、このお嬢さんとメールの交換をしていた宮坂辰彦ですな」

「いらっしゃるんですね」

「おりました」

過去形か……。

「実は、亡くなりました」

なんやて！

「事故ですか」

小西が辛そうに俯《うつむ》いている。その様子で、小野寺は事情を察してしまった。

「死因については個人の情報なので、規則ではお答えできません。ただ、小野寺さんが今日いらっしゃる旨をご遺族にお伝えしたところ、きちんと話して欲しいと言われましたので、特別にお答えします。我々としては、小野寺さんの胸の中だけにしまって戴けるとありがたいのですが」

ここは頷《うなず》くしかない。

「自室で首を吊って死んでいるのが見つかりました。おそらくは、自殺とみられます」

なんということや。

「ちなみにいつのことですか」

「本年二月二六日の早朝です」

みなみ宛に最後のメールが送信されたのは二月の終わり頃だった。

「原因は分かっているのですか」

小西は静かに首を振った。

「文通では、悪夢で眠れないと打ち明けておられたようです」

「震災の影響かどうかは、分かりません。そうであって欲しくないと思っています。しかし」

小西が言葉に詰まった。それを柏原が受けた。

「宮坂が発災直後から遠間市を拠点に、人命救助や瓦礫の撤去およびご遺体の搬送と洗浄を行っていたのはご存じですか」

「ええ」

「我々は、発災直後から隊員の心のケアには最大の注意を払ってきました。自衛隊員であっても、ご遺体を目にする経験はほとんどありません。それに二一歳の宮坂は、災害救助活動が初めてでした。その彼に遺体の搬送や洗浄の作業は酷《こく》だったのかもしれません」

二一歳の若者が、来る日も来る日も遺体を洗う日々とは……。

だが、誰かがやらねばならない仕事でもある。

「本来、洗浄作業については、五日以上は続けて任務に当たらないように義務づけています。しかも宮坂のような若手は避けていたのですが、彼が強く志願したものですから」

志願した？　百戦錬磨のベテランでも逃げ出したい過酷な仕事なのに。

「そういう男でした。辛いことを率先して実行する――、それが己《おのれ》を強くすると考えていました」

若さゆえのストイックな自己鍛錬か。それとも、被災地の惨状を見て何かやらずにはいられないと思ったのだろうか。

「ご遺体の洗浄作業は辛い作業です。でも、我々はご遺体を洗う時、生きている方と同じように接しようと決めていました。きれいに体を洗ってご家族と会えるようにする。ベテランの隊員の中には、洗浄中ずっとご遺体に話しかけていた者もおります」

それも任務なのか――。

「だから心のケアには配慮していたつもりです。毎晩必ず隊員が車座になって〝解除ミーティング〟を行い、その日洗浄したご遺体のことや自分が考えたこと、辛かったことを話したりもしておりました」

解除ミーティングというのは、「悲惨な状況の体験や感情を同じ現場で活動したグループで話し合い、共有する」ミーティングを指すらしい。これは、その日の作業を終え、宿営地に帰隊した直後に参加することが義務づけられている。

「宮坂も参加しておりましたが、いつもしっかりとした口調で作業について語っていました」

一日の悲惨な体験をしっかりとした口調で話すって、どんな凄《すご》い奴やと一旦《いったん》は感心した。だがすぐに、それは若者特有のやせ我慢だったのではないかと気づいた。

ため息すらつけない重苦しい雰囲気が部屋の中に漂った。

どうする、徹平。所期の目的は達成した。だが、それよりもっと大きな問題が生まれた。

この事実を、俺はみなみに伝えるべきなのか。

「あの、宮坂さんのご実家は？」

「秋田県です」

小西が即答した。

「じゃあ、お墓も？」

「四十九日が済むまでは、遺骨は秋田県湯沢《ゆざわ》市のご実家にあると思います」

「ご実家の住所を伺ってもよろしいですか」

小西は既にメモを用意していた。住所と両親の名前、そして電話番号が書かれていた。

「御霊前へのお参りも歓迎すると、ご遺族はおっしゃっていました」

「何から何までありがとうございます」

そうとしか答えようがなかった。

「宮坂の死を、文通相手のお嬢さんに伝えますか」

柏原の問いは、重かった。

「正直、迷っています。被災地の子どもたちは皆、精一杯無理して明るく振る舞っています。でも、それもそろそろ限界です。そんな中、津波で兄を亡くした喪失感を埋めるように慕っていた宮坂さんの自殺を伝えるべきかどうか」

柏原も小西も何も言わず、ただ頷くだけだった。

5

翌日、遠間市に戻った小野寺は、まず浜登の家を訪ねた。

昨年度限りで校長を辞した浜登は、次期教育長の呼び声が高かったのだが、本人が固辞したようで、悠々自適の暮らしを楽しんでいる。

柏原副師団長から土産も預かっていたので、伊丹空港を飛び立つ前に電話を入れておいた。

浜登の自宅前に車を停《と》めたところで玄関の引き戸が開き、前校長が顔を出した。最近気に入っているという上下藍色の作務衣《さむえ》姿だった。

「やあ、お帰りなさい。待ってましたよ」

「すんません、日曜日の午後にお邪魔してしまって」

「私は毎日が日曜日だからね。気にしない」

そうだった。小野寺は恐縮して、招かれるままに座敷に上がり込んだ。

「前校長、柏原副師団長からの預かりもんです」

灘《なだ》の酒蔵櫻正宗《さくらまさむね》の純米大吟醸〝荒牧屋太左衛門《あらまきやたざえもん》〟だった。

「ほお、これは嬉しい。ここの酒は、赤坂御苑《あかさかぎょえん》の園遊会でも供されている銘酒だと、柏原がいつも自慢していたよ」

大の酒好きにもかかわらず、浜登はそれを脇に置いた。酒は晩酌と決めているのだという。

「こっちは、私からのお土産です」

空港で常盤堂《ときわどう》の黒蜜かりんとうと奉天《ほうてん》を見つけた。前校長のお茶には、かりんとうがつきものなので、ご当地かりんとうを買ってみたのだ。

「や、これも嬉しい。実は前に一度食べてからすっかり気に入って、震災前はよく取り寄せておったんですよ」

浜登はさっそく封を開けて、菓子鉢に盛った。

既にお茶の準備ができていた。

こうやって、校長室で何度もお茶を点《た》ててもらったのを思い出した。相談事やトラブルで校長室に呼ばれると、必ずまずはお茶を一服。この間《ま》のおかげで、気持ちが落ち着いたものだ。

久しぶりの抹茶は疲れた体に染みた。

「いつもながら、結構なお点前《てまえ》でした」

「お粗末でした」

そして宮坂隊員の話を切り出した。

浜登は目を閉じて黙って小野寺の話を聞いていた。

「そうですか……。宮坂さんは、さぞお辛かったんでしょうね。そして、隊長も」

「震災が及ぼす被害の大きさをあらためて痛感しました。一番頑張ってくれた人まで追いつめるなんて、辛すぎます」

縁側のガラス戸が開いていた。もう日が落ち始めている。さほど広くはなかったが、庭も手入れが行き届いていた。正面に一本だけ、白い花を咲かせている木がある。枯れた庭がそこだけ明るく感じられた。

「それで、小野寺先生はどうしますか」

「迷ってます。できたら伝えたくないです。タッちゃんは遠いところの災害支援に行ったとでも言いたい」

「でも、いつかは、バレますよ」

「時間が必要だと思いませんか」

「悲劇に耐えられる精神状態に、仲山さんが戻るまでの時間ですか」

そんな時が来るのだろうか。俺だって、失った者たちへの申し訳なさと罪の意識は一〇年以上も消えなかった。いや、今だって克服できたわけではない。ただ、折り合えるようになっただけだ。

「私の記憶に間違いがなければ、仲山さんは聡明なお嬢さんでした。その彼女を騙《だま》せるだけのウソがつけますか」

つかなあかんのですよ、とはなぜか言えなかった。

遠間に赴任したばかりの小野寺なら、「それでもウソをつき通します」と言った気がする。だが去年の夏、神戸で震災を経験した教え子に言われた言葉が頭から離れない。

――先生は優しい方です。でも、それは時として、人の心を傷つける場合があると、ご存じですか。

よかれと思ってついたウソが、結果的にみなみを傷つけやしないか。それを迷っている。

「珍しいな、そこまであなたが悩むのは」

「いや先生、私もこの一年でいろいろ考えるようになりました。自分がよかれと思ってやったことの半分は、単なるお節介やった気もします。そもそも今回の一件だって、ええかっこして出しゃばらんかったら良かったと反省してるぐらいです」

「呑みますか」

そう言って、櫻正宗の瓶を手元に引き寄せた。

「いや、この問題は呑まずに答えを出さなあかんと思います。私の悩みを聞いてもらえますか」

前校長は酒の代わりにほうじ茶を淹《い》れてくれた。

「今、子どもたちは、微妙な時期にあると思います。震災から一年が経ち、なんとなく被災地での暮らしが当たり前になってしまってる。世間も騒がなくなった。まちは全然復興しないけど、それも慣れっこになった。新年度を迎えて、みんなの緊張が緩み始めてると実感しています」

前校長は何も言わず茶碗を手にした。

「そういう時に、急に恐怖に襲われたり、パニックになったりという症状が出てきます。神戸の時がそうでした。そして、大樹です。あいつは今、悪夢と闘っています。うなされる頻度は低くなってきましたが、まだまだ大きな音に過剰な反応を示したり、腹もよう壊してます。これって、みんな災害による心的外傷後ストレス障害《PTSD》の症例やないですか。そんな懸念がじわじわ侵食してきよる時に、みなみの心の支えであるタッちゃんが自殺したやなんて、私は辛すぎて伝えられません」

午後の日射しが不意に明るくなった。前校長の姿が逆光でシルエットになった。それに追われるように小野寺は続けた。

「でも、ここで優しいフリしてウソをついたら、みなみをもっと傷つけるかもしれません。あるがままを伝える。そして、辛い気持ちは一緒に抱え、いつか一緒に乗り越えていく。その方がええんやとは思ってるんですが……。その一方でみなみを傷つけるのがやっぱり怖いんです」

浜登がほうじ茶を一口含んでから答えた。

「難しいですな。けど、小野寺先生、既に答えは出てるんじゃないですか」

「ほんまですか。私には全然決められへんのですけど」

「自分で決めたことを貫きましょうよ。それが大切では」

つまりは、ありのままを話せということか……。

「仲山さんは、ひとりぼっちじゃありませんよ。大勢の友達、あなたや三木先生、そして、私だっています」

その時、大樹が漏らした言葉も蘇《よみがえ》ってきた。

──みなみの〝メル友〟のこと、よろしくお願いします。

大樹はみなみの悩みを知っていた。真実を知ったみなみが打ちのめされていたら、きっと彼女を支えようとするだろう。いや、自分だって全身全霊で支えるつもりだ。

「先生、ありがとうございました。おっしゃる通り、初心を貫きます」

6

浜登の家を辞したその足で、大樹と亨《とおる》、そして三木を連れて、みなみの自宅を訪ねた。

彼女は市営住宅に住んでいる。日曜日だったので、両親も揃って自宅にいた。

小野寺は不躾《ぶしつけ》を顧《かえり》みず両親も同席で、みなみにすべてを告げた。

「ウソでしょ、先生」

「ウソやない。ただし、原因は不明や」

「私たちのせいです！」

「いや、それは違う。遠間での宮坂隊員はいつも自ら率先して任務に当たっていたそうだ。少しでも被災地の人の悲しみを和《やわ》らげたいと誰よりも一生懸命やった」

なんて薄っぺらい言葉や。言わん方がましやと思うが、言わないわけにはいかない。みなみの罪の意識を少しでも軽くすることだけを考えなければ。

「でも、遠間に来なければ、タッちゃんは自殺しなかったんですよ！」

真っ赤な目で、みなみに睨《にら》まれた。

「みなみ、そんなこと言ったらあかん。そんなこと言ったらタッちゃんが悲しむぞ。彼は、遠間で撮った写真を一枚、実家のお母さんに送ったそうや。辛いですが、子どもたちが喜んでくれるなら僕は頑張れます。自衛隊に入ったことを後悔していた時もあるけど、僕は今の自分が誇らしい――。そう書いてあったそうだ」

駐屯地を辞する時に、小西隊長が「ぜひ見せてあげて欲しい」と言って、画像データを渡してくれた。

事前に三木のｉＰａｄに転送しておいたのをみなみに見せた。

遠間第一小学校の児童が三人の若い自衛隊員を囲んでいる集合写真だ。みんな笑顔で、敬礼のポーズをしている。

「もし、誰かが宮坂隊員を追いつめたのだとしたら、それはおまえやなくて、大震災やろ。なんもかんも奪い、壊し、そしてなくした津波や。宮坂隊員もその犠牲者やったんや」

みなみは、じっと集合写真を見つめている。

「私、もっとタッちゃんの悩みを聞いてあげればよかった。先生、こんなのひどいです」

みなみがｉＰａｄを突き返してきた。

小野寺は必死に言葉を探した。だが頭に浮かぶ言葉はどれもみなみの心に届きそうにない。

みなみはいきなり部屋を飛び出した。すぐに大樹と亨が後を追った。そして、三木が続こうとしたのを、小野寺は止めた。

「あいつらに任そう。今、大人の理屈をいくら言っても、聞いてくれへんやろ。ここはあいつらに任せるしかない」

小野寺はもう一度ｉＰａｄの写真を見た。

中央で子どもたちの肩を抱いているタッちゃんの笑顔がまぶしかった。

雨降って地固まる？

1

二〇一二年六月八日――昨夜から降り始めた雨は、夜明けと共に激しさを増した。午後になっても雨の勢いは収まらない。それが理由というわけではないが、小野寺《おのでら》は五時限目の授業を始めるのが億劫《おっくう》だった。

「今日のホームルームは、健康アンケートをやります」

発災後から、心のケアの専門家やスクールカウンセラーらによってプログラムされた「こころのサポート」の一環で、定期的に行っているアンケートだった。

子どもたちは、自身が抱《かか》えている不安やストレスをうまく表現できない代わりに、体の不調や、幼児に戻る「退行」などで変調のサインを示す。そこで、定期的に児童の日常生活の様子や健康についてを調査し、さらにはグループによるテーマトークなどを行い、それらを元にして心の健康を測る活動が、被災地全域の小学校で行われていた。

小野寺が億劫なのは、こうした活動の効果に対して懐疑的だからだ。

子どもたちはデリケートだ。アンケートというような表面的な調査では、彼らの変調はキャッチできないように思える。むしろ児童の性格や特徴をしっかりと把握して、日常の中でのわずかな変化を見落とさないことの方が重要ではないかと小野寺は考えている。

それだけに、子どもたちの心身の状態については、文字通り心を砕いて、毎日観察している。そして、変化に気づいたら、本人と話す時間をさりげなく設けてきた。時には、スクールカウンセラーの資格も有する養護教諭の渡良《わたら》瀬《せ》泰子《やすこ》にも同席してもらう。

それで充分対応できているのではないか。「大人は君らを心配しているぞ」と言わんばかりの仰々しい方法は単なる偽善にしか思えない。

それに、甚大な被害を受けた遠間《とおま》第一小学校で一年間を過ごした小野寺には、子どもたちの多くは被災した時に受けたショックを克服しているという実感もあった。

心的外傷後ストレス障害《PTSD》と呼ばれる激烈なパニックは、発災から一〇年以上経《た》って突然起きる例があることも、もちろん知ってはいるが、子どもたちは大人よりはるかにしなやかで逞《たくま》しい。言ってみれば若い葦《あし》のようで、たとえ折れそうなほどしなったとしても自力で戻るものだ。そうやってせっかく立ち直っている子どもたちに、震災を思い出させるような行為をする必要があるのだろうか。

画一的な教育やサポートからは何も生まれない――。教師なら誰でも知っているが、最大公約数の責務を果たせば、それで子どもたちを気遣っている証左になると考える教育委員会に敢《あ》えて楯突《たてつ》く教諭はいないようだった。

「よっしゃ、アンケートに答える前に、みんなまずは立ち上がって深呼吸しよか」

体を動かすと緊張がほぐれる。せめて穏やかな気持ちで作業をさせてやりたかった。子どもたちがのろのろと立ち上がる。

「隣とぶつからんようにな」と言っても、あちらこちらで手がぶつかって文句や笑い声が上がっている。

「これから三〇分間で、アンケートに答えてくれ。先生と保健の先生しか見ないから、恥ずかしがらんと正直に書くんやで」

「先生に知られるのが嫌やねんけど」と南条《なんじよう》明《あきら》が妙な抑揚の関西弁で茶々を入れた。ひねくれたところがある南条だったが、小野寺に向かって物怖《ものお》じせず冗談を言ってクラスのムードメーカーになる存在でもあった。

「安心せえ。先生はもうおまえのすべてを知っている」

南条は「キモっ」と言ってアンケート用紙を開いた。

教室を一巡して皆が集中しているのを確かめて教壇に戻った小野寺は、窓の外をぼんやり見ている児童に気づいた。

学級副委員長の仲山《なかやま》みなみだった。

新学期早々辛《つら》い経験をしたみなみは、まだ大きな哀しみから抜け出せていないのだろう。あるいは余計な世話を焼いた小野寺を許せないのかもしれない。

小野寺は、席に近づいてみなみの視線の先を追った。篠《しの》つく雨の校庭の片隅に、傘も差さずに座り込んでいる男子児童が見えた。

「大樹《だいき》？　あんなところで、何してんねん」

「アンケートが辛いんだと思います」

そうか……。

「だからといって何もあんなところに。びしょ濡れやないか。嫌なら、白紙で出してもえぇのに」

その時みなみと目が合った。一一歳の少女とは思えない無感情の目だった。それは、ほんの一秒ほどのことで、すぐに彼女はアンケート用紙に視線を落としてしまった。いつもなら無神経を装ってでも子どもの心の殻《から》を破ろうと思うのだが、さすがにみなみに対してそれはできなかった。

この子も気になるが、どしゃ降りの雨の中に大樹を放っておくわけにはいかない。

小野寺は学級委員長の内田駿也《うちだとしや》に、「ちょっと出てくるから、時間が来たらテーマトークを始めるように」と言い置いて教室を出た。

大樹の担任である新田《にった》に声をかけようかと思って、やめた。新田のことだから、力ずくで教室に引きずり戻すかもしれない。

校舎を出てすぐに傘を忘れたのに気づいて、職員室に戻った。自身の傘と持ち主不明のビニール傘を手にし、ついでに保健室を覗《のぞ》いた。

「渡良瀬先生、大樹の様子が変なんです。ちょっと一緒に来てくれませんか」

保健室には児童が数人いたが、渡良瀬は躊躇《ちゅうちょ》しなかった。

ひどい降りで傘がまったく役に立たない。ぬかるんだ校庭を走ると雨が泥と一緒に膝《ひざ》から下に襲いかかってきた。大樹はフェンスのそばの桜の木の下にしゃがみ込んでいる。あと数メートルのところで、小野寺は急に足を止めた。

「先生⁉　どうしたんです？」

後ろに続いていた渡良瀬がつんのめりそうになって声を張り上げた。

「浜登前校長《はまとせんせい》が」

前校長の浜登大吾《だいご》が、大きなこうもり傘を大樹に差しかけようとしていた。

なんで、前校長がこんなにタイミング良く、大樹の前に現れるんだ。

浜登は大樹の隣にしゃがみ込んでじっと動かない。二人に近づこうとする小野寺の腕を、渡良瀬が摑《つか》んだ。

ここは浜登に任すべきだ。渡良瀬の目がそう言っていた。

小野寺は傘を叩く雨に負けないように両足を踏《ふ》ん張《ば》って、二人の様子を見つめた。浜登は相変わらず黙ってしゃがみ込んでいる。一方の大樹は放心したように雨がはね上がる地面に目を落としている。

数分間はそういう状態が続いた。二人とも小野寺には気づいていないようだ。その後、不意に魂が戻ったように大樹が浜登に顔を向けた。

「あっ、校長先生」

「やあ、庄司《しょうじ》君、久しぶりだね。雨の降り方の研究でもしているのかね」

「違います。ここで休憩していました。暑いというか息をするのがしんどいというか、とにかく教室でじっとしているのが辛くなって」

大樹が立ち上がろうとして傘に頭をぶつけた。浜登が笑い声を上げて立ち上がった。大樹は一一歳だが、小柄な浜登と身長は変わらない。

「深呼吸してみますか」

ラクダを思わせるとぼけた顔の浜登が、傘を持っていない方の手を横に伸ばした。それにつられて大樹が両手を広げた。浜登が大きく息を吸い込んで吐き出すのに合わせて大樹も続いた。呼吸が辛いのは、ＰＴＳＤ症状の一種だと言われている。

そこでようやく大樹が小野寺らに気づいた。

「おお、まいど！」

小野寺は精一杯明るく親指を立てた。

「先生？　どうしたんですか」

「雨の中、先生の大事な大樹が傘も差さずにしゃがみ込んでるからな。ちょっと心配になったんや」

大樹は複雑な表情で立ち尽くしている。嬉しいのか申し訳ないのか、自分でも分からないような顔つきだ。

「心配かけてすみません」

「それより、おまえ、びしょ濡れやないか。着替えよか。風邪ひくで」

「よし、じゃあ大樹君、保健室に行こうか」

渡良瀬に促《うなが》されると、大樹は素直に頷《うなず》き、彼女が差しかけた傘の下に入った。

「小野寺先生は教室に戻ってくださいな」

それどころではないと言いたかったが、「こころのサポート」授業を放ったらかしにするなんて担任失格だ。

「ほな大樹、あとでな。校長先生も後ほど」

「そうだね。私もちょっと渡良瀬先生に用事がありますので、保健室にお邪魔しますよ」

三人を残して、小野寺は小走りで教室に戻った。

2

心的外傷後ストレス障害——通称PTSDは、生命や身体が危機にさらされ、恐怖や無力感、戦慄《せんりつ》を体験したトラウマによって引き起こされる心身の苦痛や障害だ。

大樹が発災から一年経ったある夜、突然悪夢にうなされた時に、専門医はPTSDだと診断した。

このところ東日本大震災の被災地では、密《ひそ》かに「震災二年目症候群」なるものが囁《ささや》かれている。震災被害からの最低限の回復を果たし、余震の恐怖も少しずつ和《やわ》らいだことで、被災者が安心した頃、「PTSDが爆発的に発症する」という声が、マスコミを中心に上がっていた。

一九九五年に発生した阪神・淡路大震災では、震災一年後に、多数の子どもたちにPTSDが出現したという説がある。だが、確たる裏付けはないし、「阪神」を経験した小野寺の実感からすると、余震が収まって落ち着いた三ヵ月後ぐらいから、それらしき症状は既に出ていたように思う。

東北の被災地では阪神・淡路大震災時の様々な教訓が活《い》かされたこともあり、心のケアについてもたっぷりと時間をかけて、子どもたちの変化を観察しつつ「日常性を取り戻す」ことに心を砕いていた。

その効果もあり一年が経過してもＰＴＳＤはさほど多発しなかった。しかし引き金《トリガー》があれば発症は容易《たやす》い。

大樹の場合は、体育館での共同生活を終え、里親問題が暗礁に乗り上げてしまった不安がトリガーになった可能性が高いと、精神科医は言っていた。

新生活への不安から心の奥底に封じ込めてきた恐怖や喪失感、自己否認などが噴き出したようだ。だとすれば、それは大人の責任だ。それを聞くだけで小野寺は辛かった。

大樹は「避難所の王子様」と呼ばれるほど明るく素直なアイドル的存在だった。それが彼に無理をさせ、結果的に子どもらしい感情反応を抑制してしまったのかもしれないと思うと、小野寺は今さらながら子どものけなげさに泣けてくるのだ。

ならば周囲の大人がやるべきことは、大樹が怯《おび》えたら安心させてやり、彼が退行したりやけになっても叱《しか》らず「そういう感情や行動は当然だよ」と、彼を認め続けることだ。

五時限目が終わって保健室を覗くと、大樹はベッドで寝ていた。

それから、職員室に戻って新田に声をかけた。

「庄司大樹が五時限目、雨の中、傘も差さずに校庭にしゃがみ込んでたのを知ってはりますか」

アンケートのチェックをしていた新田は、まるで聞こえていないかのように作業に集中していた。

「新田先生、お尋ねしてるんですが」

「知らんよ。あいつはアンケートの最中に気分が悪くなったので、保健室に行くと言って教室を出たんだ」

「教室から見える場所にいたんですよ。気がつかへんかったんですか」

「受け持ちの児童が体調不良を訴えているのに、担任として心配もせえへんのですか」

「何が言いたい？」

「心配していないと決めつける理由は？」

太い眉を吊り上げて新田が睨《にら》んできた。

「俺はちゃんと心配している。だから保健室に行かせたんだ。なのに勝手に校庭なんぞに行くのが悪い」

なんやと。

「そんなん心配って、言わへんでしょ」

「見解の相違だな。そもそも他のクラスの児童に目を向けるような余裕があるのか」

「どういう意味です？」

「おたくのクラスは問題児が多い。その上、一番の優等生だった仲山も、君のくだらないお節介のせいで、心を閉ざしてしまった。俺はそっちの方がはるかに心配だよ」

握った拳《こぶし》に力が籠《こ》もった。こいつ、許せん。

「いずれにしても、他のクラスの児童指導に嘴《くちばし》を容《い》れるのは、越権行為だ。慎《つつし》んでもらおうか」

新田は出席簿を手にして立ち上がった。

「私は大樹の保護者の立場で、あなたの担任教師としての態度に抗議しているんです」

「ほお、クレイジー・ティーチャーの次は、モンスターペアレンツか。まったく、関西人は騒ぎばかり起こす」

我慢の限界と思った時に、六時限目開始のチャイムが鳴った。背を向けた新田の肩を摑もうとした小野寺の前に、三木《みき》まどかが立ちはだかった。

「小野寺先生！　六時限目が始まりますよ。教室に行かないと」

三木が声を出さずに「先生、落ち着いて」と言った。

終わりの会を早々に済ませて保健室に顔を出すと、渡良瀬と浜登がかりんとうをつまみながら、お茶を飲んでいた。

「すんません、遅なって！」

「ご苦労様です。今、お茶淹《い》れますね」と立ち上がった渡良瀬を制して、大樹の様子を尋ねた。

「三〇分ほど寝たら元気になったようです。クラスに戻ると言うので帰しました」

想定外の答えに小野寺は苛立《いらだ》った。

「なんで、そんなこと許すんですか」

「彼が帰りたいと言ったの。だったら、私は止めないわよ」

渡良瀬の主張は真っ当だった。それでも、新田の態度を思い出すと、大樹をあんな男のクラスに戻したくなかった。

「小野寺先生、ひとまず座ってお茶を戴《いただ》きませんか」

浜登に宥《なだ》められて、小野寺は素直に従った。浜登が校長時代、校長室には簡単な茶道具が用意されていた。そして、校長室に呼ばれた者は、校長が点《た》てた抹茶を戴いたものだ。

さすがに保健室のお茶はほうじ茶だったが、それでも一口啜《すす》るだけで苛立っていた気持ちが落ち着いた。

「新田先生がお嫌いですか」

　小野寺がかりんとうを一つつまんだところで、いきなり浜登が切り出した。

「いやあ前校長《せんせぃ》、相変わらずド直球やなあ。でも、隠してもしゃあないんで、正直に言います。大嫌いです」

　浜登の軽快な笑い声が保健室に響き渡った。

「いいなあ、その率直な物言いは。でも、大人としては感心しませんね」

「新田先生が嫌いかって、お尋ねになったのは浜登先生でしょ。だから、私は正直に答えたんです」

「ごもっとも。でもね、やはり教師たる者、軽はずみに人を嫌いと断言してはいけないねえ」

　食えないおっさんだ。

　ラクダのようなとぼけ顔のせいもある。いかにも人の好《よ》さそうな顔をしていながら、その内面には厳しさや強さを併《あわ》せ持っている。そして小野寺が何よりも尊敬して止《や》まないのは、彼が子どもたちを心底信頼している点だ。

　子どもの問題は、子ども自身が解決する。教師も親もそれを見守り、彼らの選択を可能な限り認めてやればいい——。その懐の深さと潔《いさぎよ》さは、到底真似《まね》ができない。

「分かりました。ほな、感情抜きに言います。あの人は、大樹が土砂降りの校庭でしゃがみ込んでいたことに気づいてなかった。それを批判したら、だからどうしたと言ったんですよ。同じ教師として許せません」

「なるほど、確かに乱暴な物言いですな」

「新田先生はスパルタタイプですからね」

「渡良瀬先生、あれはスパルタではなく、無責任と無関心のかたまりですよ」

「いや、無関心というよりも不器用なんだよ。新田君はああ見えて臆病《おくびょう》でね。それで、何となく雑に見える」

浜登も新田を若い頃から知っているらしい。二人が揃《そろ》って新田を庇《かば》うのが釈然としなかった。

「お二人とも、ちょっとぬるいんとちゃいますか。確かに、どこの学校にも仕事を程々にしかせん奴はいますし、子どもが怖いっちゅう信じられへんような先生もいるでしょう。けど、ここは震災で甚大な被害を受けた小学校なんですよ。そういう時、教師はとにかく子どもたちに誠心誠意尽くすべきとちゃうんですか。スパルタな上に、不器用や臆病を正当化して、子どもたちを犠牲にするなんて本末転倒やないですか」

浜登と渡良瀬が顔を見合わせている。

「私の言うてること、おかしいですか」

「いや、そういうわけじゃないけど、でも小野寺先生、なんだか追い詰められているように見えるなあ」

ハッとした。浜登の指摘は当たっている。自分でも、なんでこんなにイライラしているんだという自覚はある。

「すみません。きっと本当に腹立っているのは自分自身に対してなんやと思います。おまえは保護者失格やと、腹立たしいんです」

3

――クレイジー・ティーチャーの次は、モンスターペアレンツか。

新田が吐き捨てたその言葉が、小野寺に重くのしかかっていた。保護者という感覚を、小野寺は随分長く忘れていた。娘を亡くしたのは一七年も前だし、その時、娘はまだ三歳だった。

それが突然、一一歳の男子の父親代わりとなった。もちろん大樹がＰＴＳＤを抱えていると承知の上で引き受けたのだが、いざ一緒に暮らしてみると保護者としてどうあるべきか、思い悩んでしまった。

渡良瀬にも頻繁に相談に乗ってもらっている。彼女は「あまり意識しすぎず、何があっても小野寺先生は大樹君の味方であり、庇護者《ひご》であると言葉と行動で示せばいいんです」と、アドバイスしてくれた。

浜登にも相談しているが、彼の場合はもっと楽観的だった。

――自然体で接する気持ちを忘れなければ、何の心配もいりませんよ。

だから小野寺はとにかく「普通」でいるように努めた。

その成果が上がってきたと実感し始めた矢先の、今日の出来事だった。

「何があかんかったんでしょうか」

浜登が「ちょっと用があるので」と保健室を出て行ったあと、渡良瀬に尋ねてみた。

「あまりにもいろんな可能性が考えられて、簡単には答えられない」

渡良瀬は震災前から、多くの児童生徒の心のケアに取り組んでいる。また、二人の子どもを育てた母でもある。

「この学校だけでもPTSDの症状を訴えている子どもは一〇人以上いるわよ。どの子も一進一退。だから、大樹君だけが特別じゃないわ」

「それは分かってるんですよ。ただ、このところ安定していたんで、びっくりしちゃって」

「そりゃそうよ。私だって愕然《がくぜん》としたもの。でも、自分で体の不調を訴えているし、着替えて少し眠ったら、すっかりいつもの大樹君に戻っていたから大丈夫だと思う。ほら、そんな深刻な顔しない。いつもの小野寺先生はどこに行っちゃったの？」

「けど、教師として子どもに接する感覚と、保護者の立場になるのはやっぱり違うんですよ。保護者って、子どもの絶対的な庇護者だと思うんです。教師は子どもたちにいろんな刺激を与えますが、それができるのは最後は親がいるという安心感があるからです。でも、大樹に関しては私は完全に当事者ですから。教師として接するんやなくて、親代わりなりに大樹のことを最優先で大事にしてやりたいんです」

「そう考えるのは、当然ね。でも、完璧な親なんていないわよ。むしろ小野寺先生がそうやって責任感に押し潰《つぶ》されてしまったら、元も子もなくなるわよ」

そうだ。そんな保護者を今まで、大勢見てきた。そんな時「あんまり力まんと、肩の力抜いて、一緒に見守りましょう」と小野寺は宥めてきたではないか。

「私はちょっと思い詰めすぎなんですね。ただ、一つだけ教えて欲しいことがあるんです」

渡良瀬は「何なりと」と返してくれた。

「あいつ、『こころのサポート』のアンケートを書いていて気分が悪くなったって言うてましたよね。だったらアンケートの設問が嫌な記憶を刺激したのかもしれない。何か思い当たるようなこと、言ってませんでした？」

「具体的には聞いてないから、分からないわね」

「聞いてないんですか。また、なんで」

「本人が自分で話すのを待っているの。いずれ今回のアンケートを踏まえて個人面談をするでしょ。その時なら聞けるでしょうけれど、今日は聞くべきじゃない」

隔靴掻痒《かっかそうよう》――。だが、とにかく「待ちの姿勢」が重要だった。想像を絶する災害によって心にも傷を負い、普通の感情反応を出しにくくなってしまった児童にはそれがベストなのだ。

「なんか、今晩二人でご飯食べんの気重《きおも》やな。先生もご一緒にどうですか」

「今日は先約があるの。それに、私が一緒だと、勘の良い大樹君が却《かえ》って気を遣うわよ」

確かにそうやな。だったら、あんちゃんところにでも行くか。

今日はそのつもりはなかったのだが、金曜日だし、行ってみようか……。

「それと新田先生のことなんだけど」

渡良瀬が話題を変えた。

「私は、彼とは同期でね。若い頃から知っているけど、昔はもっと熱血だった。お嫌かもしれないけど、ちょっと小野寺先生に似てたな。でも、彼が情熱を注いだ児童が不登校になったり、新田先生自身が心ない先輩教師からいじめられたり、いろいろあったの。それですっかり投げやりさんになっちゃった。本当は悪い人じゃないのよ」

「教師がいい人かどうかはどうでもええんとちゃいますか。あいつはええ教師とは到底言い難《がた》い。子どもたちに寄り添い、子どもたちの自立心を伸ばしつつ、常にバックアップできる教師でありたいと、私は思ってます」

おまえには、それが本当できてんのか？

完璧とは言えないまでも、ベストは尽くしているという自負はある。

「そうね。それは大切な心構えよね。ただ、小さな学校で六年生は三クラスしかないわけだから、あまり事を構えて欲しくない」

「私は大樹の保護者ですから。言うことは言わせてもらいます」

モンスターペアレンツ――。再び新田の嫌みが脳裏に蘇った。

いや、俺は何も新田先生にいちゃもんをつけてるわけやない。保護者として譲れないことを訴えているだけや。

職員室に戻ると、三木が残っていた。他の教員はもう誰もいない。どことなく疲れているように見えた。

「なんかお疲れみたいやけど、大丈夫か」

「分かりますか。ちょっと今日はキツかったんです」

「アンケートのせいか」

三木は片付けの手を止めてため息を漏らした。

「それもあるんですが、今日は月に一度の面談日で」

それで、浜登前校長が学校に来ていた理由が分かった。

三木が抱えている心の傷について、浜登が定期的にヒアリングしているのだ。

「今夜は〝おつかれちゃん〟で晩飯食べるんですけど、一緒にどう？」

「行きたいけど、やめておきます。面談のあとは、なんだか無性に一人になりたくなるんです」

「ほな、またあらためて行きましょう」

一緒に学校を出て、三木と別れたところで、スマートフォンがメールを受信した。浜登からだった。

〝晩ご飯、一緒に如何《いかが》？

もちろん、庄司君も一緒に　　　　ラクダ〟

〝ちょうど、「おつかれちゃん」に行こうと思っていたところでした〟

返信すると、すぐにまたメールが来た。

〝今日は、あなたのご自宅で食べましょう。実は既に、庄司君と二人で準備を始めています〟

あのおっさんは、ほんま電光石火やな、と思った。同時に、浜登もまた今日の大樹の「異変」を気遣っているのだと気づいて胸が熱くなった。

何か買い足すものはあるかとメールしたら、身一つで帰ってくればいいと返されて、小野寺は自宅に急いだ。雨は小降りになっていた。

玄関に入ったら、大樹の笑い声が聞こえてきた。

同時に浜登が、へたくそなイントネーションで、小野寺の口調を真似ているのも聞こえた。

「ちゃいます、ちゃいます、僕はほんとは真面目《まじめ》な男ですわ！　ってな具合に、我が相棒の小野寺先生はずっとしゃべり続けながら、作業をするだろ。すると、必ず何かとんでもない失敗をしちゃうんだ」

「でも、先生は絶対失敗を認めないんですよ」

「そう。これは、失敗やのうて学習ですわって言うんだろ」

「なんや、二人で楽しそうやな」

部屋に入ると、二人同時に振り向いた。

「あっ、お帰りなさい」

大樹はいつもの明るさを取り戻している。

「よお、相棒君、待っていたよ。君に腕を振るってもらうための準備は整えておいた。何しろ我が方には、キャベツ切り名人もいるんでね」

大樹のことだ。そして、テーブルの上に鎮座しているホットプレートを見て、小野寺は今晩の献立《こんだて》を理解した。

「お好み焼きかあ。そら、俺の出番やなあ」

小野寺は手を洗うと、ボウルにキャベツ、タマゴ、そして小麦粉を加えて豪快に混ぜ合わせた。

「大樹はほんま上手《じょうず》にキャベツ切るよな。千切りほど細くないけど、ざく切りでは困る。これがおいしさの秘訣《ひけつ》やねんけど、大樹はそこが分かってる」

これで長芋があると言うことなしだが、買い置きはなかった。最後に水と素麺《そうめん》ダシを少し加え、とろみをつけると、小野寺はホットプレートのスイッチを入れた。

「五年生の時から学校のイベントで、小野寺先生に鍛《きた》えられましたから、キャベツ切りだけは誰にも負けません」

小野寺の手元を覗き込みながら大樹は嬉しそうに自慢した。

第一小に赴任して最初の学校イベントの時に、あんちゃんが用意してくれた道具と材料で小野寺は関西風のお好み焼きを作った。それが大好評で、その次からは調理志願した子どもたちに、「小野寺流を教えたるわ」と作り方のコツを伝授したのだ。

避難所だった小学校の体育館で暮らしていたこともあって、大樹はいち早く小野寺に〝弟子入り〟した一人だった。

「よっしゃ、大樹が焼いてみろ」

「頑張ります！」

大樹はまずホットプレートが熱くなるのをじっと待っている。その間に、小野寺はオリバーお好みソースや青のり、かつおぶしなどを台所から持ってきた。

冷蔵庫を覗くと、缶ビールや大樹の好物のコカ・コーラも揃っていた。

「おっ、校長、中華そばも買ってきてくれはったんですね」

「もちろんです。私は小野寺先生のおかげで、モダン焼きのファンになっちゃったのでね」

浜登は大樹の様子を眺めながら答えた。

プレートの上に手をかざして温度を確認していた大樹が、薄く油を引いた。理科の実験のように真剣そのものだった。

小野寺は大樹の正面の椅子に陣取ると息子の様子を眺めた。

ほんま、校長先生には頭が上がらんな。

気まずくなるであろう夕食を、自分は居酒屋という賑《にぎ》やかな場所に逃避しようとした。しかし、浜登は疑似家族ではあったが、自宅で水入らずの食事を提案してくれた。しかも、皆で共同作業ができる「お好み焼き」というチョイスも素晴らしい。

大樹が最後に花ガツオを丁寧に振りかけてコテで小野寺の分を取り分けてくれた時、小野寺は泣きそうになった。

浜登が缶ビールを開ける軽快な音が響いた。

「大樹シェフ、ここは私に注《つ》がせてください」

小野寺はコーラの栓を開け、大樹のグラスに注いでやった。

「乾杯！」

「おいしい！」

笑い声が弾《はじ》けた。そして、本当に大樹の焼いたお好み焼きはおいしかった。

「俺、そろそろ〝お好み焼き大臣〟退任やな。大樹シェフには勝てへんわ」

「先生が上手に粉を混ぜてくれたから、おいしいんだと思います」

「いや、この焼き方や。特に豚肉の焼き加減が絶妙やな」

浜登は二人のやりとりを黙って眺めるばかりで、おいしそうにビールを呑んでいる。

ぶ厚いモダン焼きを小野寺が焼いたところで、浜登が酒を替えようと言い出した。

すぐに大樹が席を立って、焼酎の水割りの準備を始めた。手伝おうとしたら浜登が止めた。

「庄司君は、アイスクリームを持っておいでよ」

夕方に、最近仮オープンしたスーパーへ浜登と大樹で買い出しに行った時に、大樹がアイスクリームを欲しがったという。

大人二人が焼酎を飲み始めた時、窓の外で稲光が走った。小降りだった雨が再び勢いを取り戻したように窓ガラスを叩き始めた。

「僕、雨降りがダメなんだと思うんです」

アイスクリームにさじを突き刺して、大樹がぽつりとつぶやいた。

小野寺は口元に運びかけたグラスをテーブルに置いた。大樹は視点の定まらない眼差《まなざ》しでぼんやりとしている。何か声をかけようか迷って浜登の方を向くと、首を横に振って黙れという。

「おばあちゃんとお母さんの遺体が見つかった時も、洋子《ようこ》の時も雨が降っていました。そして、お父さんの車が発見されたのも雨の日でした」

原因は、「こころのサポート」アンケートではなかったのか。

「庄司君、それは偶然だよ。雨が降ったからって、嫌なことばかり続くわけじゃない」

浜登が穏やかな口調で言った。

「確か去年の今頃、梅雨《つゆ》入りして、何日も雨が続いた時だったよね。自衛隊の方が仮設のお風呂をしばらくの時間、第一小のみんなに開放してくれて楽しく遊んだでしょ」

あの時はまだ肌寒かったが、まるでプールで遊ぶように子どもたちははしゃいだ。

「そういえば、どろんこ大会もやったな。あん時、五年生でパフォーマンス大賞とったんは、大樹やったな」

校庭にブルーシートを敷いて、プロ野球選手が雨天中止の時にやるようなパフォーマンスを子どもたちと一緒に楽しんだことがあった。

「あれは、気持ち良かったなあ」

「庄司君、今日だって別に悪いことは起きなかっただろ。だから、これからは雨と仲良くして欲しいな」

浜登の優しい声がしみ込んできた。

「雨と仲良くする……」

「雨は別におまえを嫌な気持ちにさせるために降っているわけやないぞ。大地への恵みや」

あかん。浜登に比べたら、俺の言葉はなんて陳腐なんや。小野寺は自己嫌悪に陥りそうになったが、大樹は明るく受け止めてくれたようだ。

「そういえば、保育園に通っていた頃、雨が好きでした」

「小さい頃は雨が好きだったっていう子はたくさんいるんですよ。カッパを着て傘を差す。長靴履いて水たまりをピチャピチャするのは楽しいでしょう」

浜登が言うのを聞いて、亡き娘もまた雨降りが大好きで、水たまりの中でよく足踏みしていたのを、小野寺は思い出してしまった。

「雨が降ると、僕は長靴を履いて外に飛び出して行って、ずっと歩きまわっていました」

「あめあめふれふれ　かあさんが」と小野寺が調子外れに歌い出すと、最後は三人での合唱となった。

「すっかり忘れてました。雨で楽しい思い出もたくさんあったんですね」

「そういうもんやぞ。いろんなことを忘れてるだけや。でも、少しずつ思い出せる」

だから大樹、何も怖がらんでええねん。

「小野寺先生、これから雨降りの日はここでお好み焼きパーティをしましょう。次は三木先生も呼んで」

「なんで三木先生の名が出てくるんです？」

「深い意味はないさ。三木先生は楽しいことを、たくさん知っているからね。いいと思わないか、庄司君」

「大賛成です。その時はみなみも呼びましょう。あいつ、料理が大好きですから」

それから大樹は意外な話をした。みなみが新学期になって沈んでいるのは、彼女が大好きだった自衛官が自殺したからだけではないのだという。

「ご両親の仲が良くないんだそうです。お父さんの仕事がうまくいかないそうで。それで辛いって言ってました。だから、時々食事に誘ってあげてください」

俺は何も知らんなあ。保護者だけやなくて、教師も失格や。

「僕、心配なことが、もう一つあるんです」

遠慮なく言ってみろと促した。

「時々、家があった場所を見に行きたくなるんです。でも向かっているうちにどんどん苦しくなって、結局遠回りしちゃって、家に辿り着けないんです」

ＰＴＳＤによる回避行動だった。

「でも、自宅には行ってみたいんだよね」

浜登が問うと、大樹は素直に頷いた。

「ほな、今度みんなで行ってみるか。で、途中でしんどくなったら引き返せばええ」

「できるかなあ」

「できるよ、おまえなら何でもできる。でもな、無理はしなくてええねんで。俺も昔、震災で家族を失った。あの時、俺も長い間、自宅のあった場所に行けへんかった。でもある日、知らん間に辿り着いたことがあってな。その時は、避難所からいなくなった子どもを捜してたんや。結局、その子は他の場所で見つかったんやけど。気づいたら俺は自宅の前に立ってた」

あの時の衝撃は今でもよく覚えている。

「怖くなかったですか」

「難しいなあ。不思議やねんけどな。安心したんや。ああ、ようやく俺はここに戻ってきたんやって。もちろん悲しい気持ちもいっぱい残っていたけど、それ以上に、懐かしいなあって思った。ほんで情けないけど、いっぱい泣いたわ」

　小野寺が語るのを、大樹はじっと聞いている。

「だから、いつか、勝手に足がそっちに向くまで気長に待てばええよ」

「そうそう、私も庄司君にお勧めの合言葉があるんです」

　浜登が焼酎をグラスに注ぎながら言った。

「何でしょうか」

「頑張るな！　ということです。弱音を堂々と吐ける男の方がかっこいいんですよ」

「そうかなあ。めそめそするのは男らしくないと思います」

「少し意味が違うんだな。本当に強い人は弱音を吐くんです。それができるようになって初めて、弱音を吐いてはいけない時が分かるんですよ。それが分かるまではしっかり弱音を吐くんです」

　浜登はわざと曲解している気もした。だが、小野寺もまったく同感だった。

　大樹はまだ迷っている。

「私の言っている意味が、今すぐに分からなくてもいいですよ。その代わりに、辛くなったら去年の卒業制作の壁画を見に行ってください。あそこに大事な言葉が書かれていますよ」

津波が起きたら各人《てんでんこ》で逃げよとメッセージを込めた絵だ。そこに言葉はなかったはずだが。

「壁画の端に、親指を立てたおじさんがいますよ。そして〝こわがりは最強！〟って言ってます」

白球を追って

1

梅雨の小休止か、日曜日は朝から快晴だった。小野寺徹平《おのでらてっぺい》は張り切って遠間《とおま》第一小学校に出勤した。遠間アローズという地元少年野球チームの練習があるのだ。

アローズは県大会での優勝経験を持つほどの強豪チームだった。しかし、震災に襲われた昨年度は校庭がほとんど使用できなかったこともあって、練習がままならず成績が振るわなかった。

そこで、今年こそはと発奮したPTAの協力で校庭が整備され、さらに日本少年野球連盟からの寄付で校庭に立派なバックネットができた。

震災前よりも環境が充実したこともあって、「遠間市が元気になった証《あかし》として、今年はアローズに奮闘してもらおう」というムードが遠間に広まっている。

おまけに現チームには豪腕投手と、四番を務めるホームランバッターがいる。

二人は年子の兄弟で、兄の栗田克也《くりたかつや》は小野寺が担任する六年二組の児童だった。それで小野寺は勝手に応援団を名乗って、この日から練習時の雑務を引き受けることにしたのだ。

小野寺が到着した時には、既にウォーミングアップのランニングが始まっていた。保護者らはもちろん、古本《ふるもと》校長や教頭、三木《みき》まどかまで応援に来ている。

「おはようございます！　すんません、遅くなりました」

「小野寺ちゃんも、ちょっと走って酒抜いた方がいいんじゃねえの？」

アローズのチームカラーである真っ赤なキャップを脱いで挨拶《あいさつ》した小野寺を、聞きなれた声が茶化した。昨晩、遅くまで酒につきあわせた張本人の〝あんちゃん〟こと中井《なかい》俊《しゅん》だ。彼はボランティア団体を運営しながら、遠間アローズの監督も務めている。

「あんちゃんは、ほんま元気やな。あんだけ呑《の》んどいて、なんや？　その涼しげな顔は」

「男たるもの、二日酔いになるまで泥酔しない。じっちゃんの遺言なんだ。ほら、小野寺ちゃんも走った、走った」

「なんでやねん、俺は手伝いやねんで」

「ランニングもお手伝いの一環です」

中井に煽《あお》られて、小野寺は子どもたちの列に参加した。

「アローズ、ファイト！」とスラッガーの克也が声を張り上げた。教室では無口で目立たない存在なのだが、グラウンドに立つと別人のように潑剌《はつらつ》とする。克也の運動能力はずば抜けていて、野球に限らず体育の授業では常にヒーローだ。

力が漲《みなぎ》るような「ファイト、ファイト！」という子どもたちのかけ声が、初夏の青空に響き渡った。

遠間第一小学校の校庭は、一周約六〇〇メートルある。小野寺は必死で頑張ったが、最後は、小学四年生の二人にも置いていかれ、倒れ込むようにランニングを終えた。すっかり息が上がって、膝に両手を突いたまましばらく動けなかった。

「先生、ファイト！」

三木に声をかけられて顔を上げると、スポーツドリンクが差し出された。

ペットボトルを半分ほど一気飲みして、小野寺はようやく生き返った。

「三木先生のおかげで命拾いや。ほんま、こいつらはタフやな」

子どもらは入念なストレッチを終えると、次はキャッチボールに取りかかった。

「先生、弟と組んでもらえますか」

まだ喘《あえ》いでいる小野寺に、克也がグラブを差し出した。

弟の栗田豊《ゆたか》は五年生だが、既に身長は一六〇センチを超えている。なで肩の痩身《そうしん》だが、左腕から放たれる剛速球は小学生離れしており、他校からも注目されているエースだった。

「よっしゃ、任しとき。豊、遠慮せんと、投げ込んでこい！」

「よろしくお願いします」

豊は帽子を脱いで一礼してから、ボールを投じた。三メートルほどの距離から始めるキャッチボールは投げ合うたびに互いに間隔を広げていく。

野球少年だった小野寺も当時はピッチャーだったので、それなりに腕には覚えがある。それに神戸の小学校ではソフトボールチームや野球チームのコーチを務めていたから、いつもの調子でグラブを構えた。

豊が大きく振りかぶって球を投げた。と思った次の瞬間、物凄《ものすご》い快音と共に小野寺のグラブに収まった。

なんや！　今のは。おまけにこいつの球、最後にホップまですんのか。

「凄い球やな」

小野寺が感心しながら返球すると、ボールは豊の頭の上を越えてしまった。

「小野寺ちゃん、なに力《りき》んでるんだよ」

すかさず監督に冷やかされた。

「ダルビッシュ級と言われている。とにかく凄いんだ、あいつ」

中井は我が事のように嬉しそうだ。「ボール行きます」という声がしたかと思うと、四〇メートルは離れている地点から、豊が軽々と球を投げてきた。

ボールは、ノーバウンドで小野寺のグラブに届いた。しかも、グラブをはめているのに左手には強い痛みが走った。

ノックやティーバッティングなどの基礎練習を終えると守備陣が定位置について、シートバッティングが始まった。

「小野寺ちゃん、キャッチャー頼めるか」

捕手の克也に打順が回ってきたのだ。そこで、投手は豊に代わった。

「おっ、これは光栄や。喜んで受けさせてもらうわ」

マウンドに立った豊は、一〇球ほど軽く投げ込んだ。キャッチャーミットで受けた時の音も素晴らしかった。

俺には、こいつの直球打てへんな。

球速が、どんどん上がる。七球目を投げたところで、「カーブお願いします」と豊が言った。少年野球でのカーブは禁じられているが、豊はリトルリーグ入りを目指しているので、あんちゃんが特別に投球を認めていた。ただし克也が打者の時だけだ。

「よっしゃ、どんとこい！」

直球よりも速度は落ちるが、回転の良いボールが向かってくる。そして、ベースのそばでブレーキがかかると、ど真ん中のあたりから曲線を描いて一気に落ちた。ボールは地面でワンバウンドして、小野寺の股間を抜けていった。

「小野寺ちゃん、しっかり体で止める」

球審役を務める中井に冷やかされても、小野寺は笑って流せなかった。カーブのキレが良すぎて、体の反応が追いつかないのだ。

「じゃあ、ラスト一球な！」

中井の合図であらためて気合いを入れ直した小野寺は、なんとか全身でボールをキャッチした。

そして、克也が右バッターボックスに立った。克也は力みのないきれいなフォームで、バットを構えている。

「ほら、小野寺ちゃん、サイン」

慌《あわ》ててサインを出した。

まずは外角直球や。

「ストライク！」

克也はしばらく球筋を確かめるようにベースを見つめてから、バットを構え直した。

よし、ほな内角にカーブでいこか。

練習よりもさらにキレの良いカーブが投げ込まれ、克也が豪快に空振りした。

「ストライクツー！　豊、ええ球や。その感覚、忘れんなよ」

中井の声に小さく頷《うなず》いた豊は、既に次のサインを待っている。

ここは、カーブで外角のボール球やな。

だが、小野寺のサインに豊は首を振った。

おそらく三球勝負したいのだろう。

まじか、おまえ。

小野寺は再び同じカーブを要求したのだが、また拒否した。内心で呆れながら内角直球のサインで、ようやく豊は振りかぶった。

今日一番と思える直球が、糸を引くように飛んできた。よっしゃ、三振！　と確信したところで、克也のバットが鋭く唸《うな》り、ボールは校庭のフェンスを越えた。

2

夏休みまで残り一週間を切った日の放課後、小野寺は栗田克也の母親と会った。

「折り入ってご相談がある」と前日に連絡があったのだ。

ぐずぐずと居残っている児童を教室から追い出した小野寺は、校庭で練習するアローズナインらを眺めながら克也の母を待った。

三階の教室からでも、動きを見れば栗田兄弟が分かる。他の児童とはケタ違いに体格が立派というだけでなく、投げる球の軌道がまったく違うからだ。

先月、作文の時間に、子どもたちに将来の夢を書かせた。克也は几帳面な筆跡で「プロ野球選手になって、遠間市の素晴らしさを日本中に伝えたい」と書いていた。

克也の父親は社会人野球の投手だったらしい。アローズの練習時などに何度か会ったこともあるが、父親は常にバックネット裏に三脚を立て、ビデオカメラを構えて息子たちの動きを観察している。どの保護者より熱心に見学しているが礼儀をわきまえ、監督やコーチの指導に嘴《くちばし》を挟むことはない。

あんちゃんは、「とにかく野球をよく知ってるんだよねえ。だから、監督を代わって欲しいと頼んだこともあるんだけど、そんな器じゃないと断られてるんだ」という。

「急なお願いなのにお時間を取って戴《いただ》いてありがとうございます」

背後から声をかけられて、小野寺は我に返った。克也の母親が立っている。

白いポロシャツとジーンズというシンプルな出でたちだが、手足が長いので見映えがする。息子達の体格が良いのも頷ける。

「すんませんねえ、冷房もなくて」

小野寺は用意していたウチワを差し出した。母親は首筋の汗をハンカチで拭《ぬぐ》いながらも、ウチワを手にすることもなく、さっそく用件を切り出した。

「実は、夫が大阪で働くことになりまして」

七月に入ってから、これで三人目だ。学期末で一区切りをつけられるため、転校手続きの申請が集中しているのだ。

震災から一年以上が経《た》つのに、地元の復興は遅々として進まない。家を失った被災者の大半は、現在も仮設住宅で不自由な暮らしを続けている。さらに、震災前の職場に戻れない人も多く、瓦礫《がれき》撤去などの臨時雇用の仕事以外、新しい職も見つけられない。致し方なく遠間での暮らしに見切りをつけて、故郷を離れる市民は後を絶たない。

克也の父親は税理士で、事務所も兼ねていた自宅が津波で全壊し、親子四人で仮設住宅で暮らしている。

「じゃあ、転校の手続きが必要ですね」

「遅くなってしまって申し訳ありません。転校先の書類が一昨日届いたものですから」

母親が差し出した封筒には豊中《とよなか》市立緑《みどり》が丘《おか》小学校とある。中を検《あらた》めると、転校日は九月一日とある。

「了解しました。失礼ですが、豊中市には、何かご縁があるんですか」

母親が答えるまでに間があった。

「夫の友人がおりまして。それで、一緒に働かないかと誘って戴いたんです」

「そうですか。でも、寂しくなります。克也君は遠間第一小自慢の児童ですからね」

「そう言って戴けると嬉しいんですが、あまり勉強はできませんし、児童会活動にも、積極的だったとは思えませんけれど」

「何をおっしゃいますか。遠間アローズのキャプテンで、ホームランバッターの克也君は学校中《じゅう》から注目の的です。夏の大会で有終の美を飾ってくれるのを楽しみにしていますよ」

「それが、大会には出られないんです」

子どもたちに気合いを入れるあんちゃんの声が、海風に運ばれて聞こえた。

「出られないというのは、どういう意味です？」

それまでずっとハンカチで汗を拭っていた母親が、ウチワを手に取り、せわしなくあおいだ。

「夏休みが始まると同時に、引っ越さなくてはならなくて」

「そんな……。けど、それやったら克也君も悔《くや》しいんとちゃいますか。なんとか大会だけでも参加できるように私の方から働きかけてみましょうか」

　アローズナインは、「遠間が頑張ってるのをみんなに伝えるためにも、優勝を狙う」と意気込んでいる。

「ありがとうございます。でも、それは難しいと思います」

「せっかくアローズみんなで頑張ってきたんです。克也君や豊君が活躍する姿を見たいなあ。遠間の人たちも楽しみにしています」

　だが、母親の反応は鈍く、小野寺とまともに目を合わせることもなく、「七月二四日に引っ越す予定です。それまでに、書類の方をよろしくお願いします」と言い残して、逃げるように教室から出て行った。

　母親の態度に釈然としないまま、小野寺は校庭に向かった。選手たちはちょうど休憩中だ。小野寺は中井に声をかけると、子どもたちの耳に届かないところまで連れて行って栗田兄弟の転居を伝えた。

「それな。俺も小野寺ちゃんに相談しようと思ってたんだよ」

　小野寺と面談する前に、母親は中井にも挨拶したそうだ。

「前から知ってたんか」

「ついさっき、聞いたばかりなんだ。しかも、大会には出ないって言うじゃないの」

「なあ、それってどういうことなんやろな」

「それは、俺の方が知りたいって。小野寺ちゃんは何か理由を聞いてないの？」

「聞こうと思ったんやけどな、とりつく島もないねん」

「あいつらは、それを知ってんだろうか」

チームメイトと笑いながら休憩している栗田兄弟に、あんちゃんの視線が向けられた。

「知らんやろ、知ってたらあんな風に仲間と笑ってへんやろ」

「確かにね。でも、困ったな。二人がいなくなると、俺たちは大会に出られなくなるんだぜ」

アローズは、メンバーは大会出場資格ギリギリの一一人しかいないうえに、そのうちの二人は小学四年生だった。栗田兄弟が抜ければ、新入部員を入れないと優勝どころか出場すら危《あや》うくなる。

そんな事情を知っているのに、息子に大会に出るなと言うのか。栗田の両親は一体、何を考えているんや。

3

翌朝、小野寺は出勤と同時に、校長室に呼ばれた。

校長と並んでアローズのキャップを被《かぶ》った男性がソファに座っている。皆から「団長」と呼ばれている須山昇《すやまのぼる》だった。地元の建設会社の社長である須山は三度の飯より野球が好きで、孫がいるような年にもかかわらず手弁当でアローズナインの保護者をまとめたり、グラウンド整備の資金集めなどに奔走していた。

「これは団長、おはようございます。どないしはったんです、こんな早《は》よから」

「ああ、小野寺さん、どないしたもないでしょ。栗田兄弟が転校すると聞いて、びっくりして飛んできたんですよ」

「君は知っていたのか」

校長は腕組みしてふんぞり返っている。

「昨日、お母さんから聞きました」

「兄弟が少年野球大会に出場しないのは本当なのか」

それが校長とどんな関係があるっちゅうねん——と言ってやりたいのを、我慢して小野寺は頷いた。

「そんな重大な情報を、なぜすぐ私に上げないんだ」

「は？」

校長が身を乗り出して怒りをぶちまけようとしたのを、須山が遮《さえぎ》った。

「二人で喧嘩《けんか》しとる場合じゃないでしょ。小野寺さん、しっかりしてくださいよ。これは重大事件です。遠間アローズは地元の誇りですよ。しかも、栗田兄弟がいるからこそ、今年は優勝だって狙えるんです。なのに、その二人が出場しないなんて」

「団長、それは私も残念です。それについては、克也の気持ちを聞いてみようと思ってます。せやから、ちょっとお時間もらえませんか」

「いいか小野寺、子どもと一心同体とか、普段から自慢しているんだ。どんなことをしても説得して、大会に出場させるんだ」

校長の居丈高《いたけだか》な態度に加え、その言葉にも引っかかった。

「栗田兄弟が大会に出るかどうかは、彼らが決めることです。強制するつもりはありません」

「なんだと。アローズの優勝は、遠間市民の夢なんだぞ。市長だって期待なさっている。それを潰《つぶ》す気か」

何を言ってるんだ、このおっさんは。誰だって、アローズに優勝して欲しい。だが、栗田兄弟が出場するか否かは彼らの問題だ。そもそもアローズの成績がどんな結果になろうとも、大人がとやかく言うべきことではない。ましてや勝手な「大人の事情」を振りかざす権利は、誰にもない。

「校長、夢を潰す気はないですが無理強《むりじ》いするつもりもありません」

「関西人の素晴らしい話芸で、二人を大会に出場するように説得するんだ。君には〝遠間愛〟というものがないのか」

「なんです、そのけったいな愛情は」

「貴様、私をバカにしているのか！」

校長の怒声で、教務主任の伊藤《いとう》が開きっぱなしだった校長室の扉を閉めた。一瞬だが、ドアの向こうに児童の姿が見えた気がした。

「まあまあ校長先生、落ち着いて」と須山が慌てて宥《なだ》めた。

「とにかく彼らの事情をまず小野寺さんに聞いてもらおうではありませんか。それで、出場の可能性を探るというのでどうですか」

「須山さん、こいつは、信用ならないですよ。勝手にやらせたら無理して出場するな、ぐらいのことは言いそうだ」

もちろん、出たくないと言われたら、潔《いさぎよ》く引き下がるつもりだった。本人たちの意思尊重が一番なはずなのに、校長にはそんなことすら分からないらしい。しかし、この野蛮人をこれ以上怒らせる必要もない。

「団長、ありがとうございます。さっそく今日の放課後にでも、克也に事情を聞いてみます。ところで、引っ越しの日程は既に決まっているみたいなんですが、本人が出場すると言った場合、兄弟が遠間に滞在する場所や費用の面倒は、アローズの方で何とかしてもらえるんでしょうか」

「それは心配せんでいいですよ。豪華ホテルに泊めるのは無理でも、我が家の空《あ》き部屋を提供しますよ。すべての費用は、私が負担するつもりでいます」

須山が即答した。こういう方こそ「遠間愛がある」と言うんじゃないんですかね、と嫌みを込めて校長を睨《にら》んだが、校長は小野寺と目を合わすつもりはなさそうだった。

教室に入ると、克也の席が空いているのに気づいた。それに児童の態度が心なしか白《しら》けている。最近ようやく着席できるようになった松下《まつした》らも、教室の空気のせいでそわそわしている。

「みんな、元気ないぞ。どないしたんや。今日もええ天気や、張り切って朝の会やるで」

日直の二人が、のろのろと教壇に上がった。

「先生、克也が転校するってほんとかよ」

アローズに所属する金森《かなもり》の声が教室に響いた。

小野寺はわざと無視して、「さあ日直、朝の会、始めよか」と言ったが、また金森が詰めてきた。今度は、他のクラスメイトからも「答えて欲しい」という声が上がる。

「よっしゃ、その件を話す。その前に、克也はどうしたんや」

「まだ来てません」

学級委員の内田《うちだ》が発言した。

「朝、克也と一緒に登校してるのは誰や」

金森が手を挙げた。

「先に行ってくれって言われたんで、俺だけで来た」

無断欠席か……。

「分かった。本人がいないところで発表したないけど、しゃあないな。栗田克也は、二学期から大阪府豊中市の学校に通うことになりました」

「大会にも出ないって話じゃん」

豊中ってどこ？　という声を金森の大声が圧倒した。

「ほお、そうなんか。金森は、克也のマネージャーか」

「アローズの団長が校長室で話してるのを聞いた奴がいるんだ。先生、正直に教えてよ。克也は大会に出ないのか」

どう答えるべきか迷った。だが、確証がないことを口にしたくなかった。

「そこは先生も知らんねん。せやから放課後に、克也に会いに行ってくる」

4

仮設住宅を巡回する無料バスに乗り込み、小野寺は克也の自宅に向かった。

震災から一年以上を経た今も、仮設住宅で暮らす人は市内だけで約二〇〇〇人を数える。被災地全体では約三〇万人が自宅を離れ避難生活を送っている。しかも、仮設住宅で暮らす被災者数は、この一年、ずっと横ばい状態であるという。

阪神・淡路大震災を経験している小野寺には、信じられない多さだった。なぜ、こんな状況が続くのか。

遠間第一小学校の前校長である浜登《はまと》と呑んでいて、それが話題になったことがある。

復興計画がなかなか立たず、復興住宅建設の着手が遅れているのだと浜登が教えてくれた。

　もう一つ大きな要因となっているのが、東日本大震災の仮設住宅では、可能な限りコミュニティ単位での「移住」が行われていることだ。これは阪神・淡路大震災での教訓を活かして孤独死を防止する手段として講じられたのだが、それによって却《かえ》って仮設住宅から「離れがたい」と考える人が多いらしい。

　栗田兄弟が暮らす仮設住宅は、遠間市と隣町との境界近くにあった。遠間第一三住宅という仮称が付いていて、約五〇世帯が暮らしている。

　最寄りのバス停で降りた小野寺は道順を記したメモを広げた。栗田家の住戸番号を探していたら、ボールがミットに収まる軽快な音が聞こえた。

　音のする方を見ると、河原で豊が大きく振りかぶっていた。一瞬迷ったが、小野寺は河原に向かって歩き出した。近づいてみると、ボールを受けていたのは父親で、克也の姿がない。

　豊がまたボールを投じた。

「よーしっ、ナイスボール！」

　父親の声をよそに、豊は小野寺に気づいた。

「ちわっす」

息子が脱帽して挨拶するのを見て、父親も振り返った。

「あっ、先生」

「こんにちは。お父さん、ちょっとお話があってお邪魔したんですけど」

その反応を見る限り、用件をすぐに察したらしい。父親は小さく頷くと「五分だけ待ってください」と告げて、息子にあと一〇球投げるように命じた。

その間に小野寺は克也を探してみた。だが、見つからない。

「お待たせしました」

父子が連れ立って来て小野寺に声をかけた。その時、豊が握りしめていたボールが少年野球で使用する軟球ではなく、縫い目のある硬球なのに気づいた。

「克也君のことでお邪魔しました」

気を利かせたのか、豊は仮設住宅の方へと駆けて行った。二人だけになると、父親はクーラーボックスからスポーツドリンクを取り出して、一本を小野寺に手渡した。

「引っ越されると聞きました」

「ええ。不本意ですが。ここでは仕事の再開が難しいので」

首に巻いたタオルで父親は汗を拭った。

「勇気あるご決断やと思います」

「ありがとうございます。そうであればいいのですが」

「そこで、来週から始まる少年野球の県大会についてなんですが」

「その件については、家内からお伝えしたかと思うんですが」

「出場しないと聞いています。ただ、あんなに一生懸命練習してきたんだし、二人は大会に出たいんやないかと思いまして」

父親はスポーツドリンクを一口飲んだきり、黙り込んでしまった。小野寺もスポーツドリンクを飲みながら、相手が口を開くのを待った。

「大会には出ない。家族で決めたことです」

「アローズ団長の須山さんは、ぜひとも出場して欲しいと。大会の間は克也君らを預かってもいいとおっしゃっています」

「昨日の夜、電話がありました。ありがたいお話ですが、お断りしました」

えらい頑《かたく》なやなあ。

「何でですか」

「息子らが出たくないと言うからです」

父親は川面《かわも》を見つめたまま言った。

「それ、ほんまですか。二人とも納得しているんですか」

「もちろん」

どうも、あまり話をしたくないようだ。

「今日、克也君が学校を無断欠席したのをご存じですか」

「みたいですね。豊からさっき聞きました」

「それって、大会に出られへんのを、チームメイトに申し訳ないと思ってるからやないんですか」

「そうかもしれません。でも、それが理由なら情けないことです」

「いや、当然の反応やと思うんですよ、お父さん。克也君は遠間市民の期待を一身に背負って汗を流してきたんです。その本番の日がいよいよ間近に迫っている時に、突然転校のために大会に出られないなんて、誰だって辛《つら》いですよ」

「先生は、子どもたちの夢を知ったら、どうされますか」

「そらあ、精一杯応援しますよ」

「同感です。息子二人の将来の夢は、プロ野球選手です。私はそれを叶《かな》えてやりたいと今まで頑張ってきました」

父親自身もプロ入りを期待されるほどの選手だったのに、肩を壊して夢破れたと聞いている。

「我が家にはバッティングマシーンを完備した練習用ケージとリトルリーグ用のマウンドがありました。あの子たちの才能がうまく伸びたのは、いつでも好きなだけ練習できる環境があったからです」

栗田氏は評判の良い税理士で、多くの顧問先を抱えていたという。そして、仕事で得た報酬は、二人の息子に惜しみなく注《つ》ぎ込んだらしい。

「素晴らしいサポートですよね。でも、練習場がなくなっても、二人はめげずによう頑張ってますよ。やっぱり大会に出してあげるべきとちゃうんですか」

「あの子たちの目標は、そんなちっちゃなところにないんですよ」

「どういう意味ですか」

「地元の少年野球の大会で優勝しても、あの子たちには何のプラスにもならないんです」

酷《ひど》いことを言うなあ。

つい最近まで父親自身が、「地元のためにも優勝目指して頑張ろう」と気炎を揚げていたくせに。

「どないしはったんです、お父さん。お父さんだって、アローズ優勝を目標に指導のお手伝いをされてきたじゃないですか」

「先生、息子たちの夢の実現のためなら精一杯応援すると、さっきおっしゃいましたよね。だったら、何も聞かずにあの二人を大阪に送り出してやってください」

なんでそんなに急ぐんや。大阪に何があるんや。

「それなりの理由があるということですか」

「そうです」

「何も聞かんと分かりましたとは、私の立場では言えません。本当のところを教えてもらえませんか」

栗田は少し迷っていたようだが、手にしていたペットボトルを見つめたまま口を開いた。

「大阪屈指のリトルリーグの監督がスカウトしてくれたんです。来週から、二人はそのチームでリトルの大会に出場するんです」

そういうことか……。

「引っ越しを急ぐのもそのためですか」

「そうです。監督からは明日にでも、豊中に来て欲しいと言われています。いくら力があっても、硬球に慣れるにはそれなりに時間がかかりますから」

それは自分勝手だと非難する権利は小野寺にない。周囲の期待がこれほどでなければ、

「それは、おめでとうございます！　活躍を期待してますよ！」と手放しで応援しただろう。しかし栗田兄弟は今や遠間復活のシンボルでもあるのだ。

「アローズのチームメイトには申し訳ないと、私も思っています。でも、私は、克也と豊が手にしたチャンスを活かしてやりたいんです。非難は私が一身に受けます」

水辺を遊ぶようにシオカラトンボが飛び交っている。青い空と白い雲は川縁《かわべり》の濃い緑と鮮やかなコントラストを成し、短くも美しい東北の夏の到来を告げている。

「事情は分かりました。ただ、このままだと克也君が責任を感じて自分自身を責めるんじゃないかと心配です。だから克也君の本心を聞いて、彼がやりたいようにさせてあげたいんです」

「そんな必要はありません。二人ともちゃんと納得しています。豊は既に硬球で練習を始めているんです」

「そのようですね。でも、克也君は学校を休み、ここにもいない。つまり、物凄く悩んでいるんとちゃうんですか」

「それくらいで悩んじゃダメなんです。本気で自分の夢を実現したいなら、時に非難されても前に進まなければならないんです」

それを一二歳の少年に押しつけるのは、酷《こく》すぎないか。

「お父さんのお気持ちも分かりますが、このことについて克也君本人と話をさせてもらえませんか。妙な説得はしません。クラスメイトに報告する前に彼の気持ちを聞きたい。そして可能なら、それをクラスに伝えたいんです」

父親が首を横に振った。

「見解の相違です。これは私たち家族の問題です。失礼します」

5

その夜、中井と浜登に相談するために、小野寺は居酒屋〝おつかれちゃん〟に向かった。さすがに〝同居人〟である大樹《だいき》には聞かせたくない話だったので、三木まどかに預けている。

「それはどうしようもねえなあ」

栗田兄弟の事情を聞くと、あんちゃんはあっさり白旗を揚げた。

「けど、克也は納得してへんと思うねん。明らかにあれは親のエゴや」

「エゴって？」

「栗田のお父ちゃんは、自分が果たせへんかった夢を息子たちに押しつけてる。せやから、アローズで有終の美を飾りたいと思ってる克也を、強引に大阪にやろうとしているに決まってる」

「どうしたの、小野寺ちゃん。あんたらしくない」

あんちゃんに言われるまでもなく、暴論だと分かっている。だが、そうとでも思わなければ、おさまりがつかないのだ。結局、克也は仮設住宅の自宅にもおらず、しばらく待ったのだが会えなかった。

「克也が苦しんでるのは間違いないんやで。それを助けるのが俺の仕事やろ」

「まあ、そうだけどさあ。俺が克也のオヤジさんだとしても、おんなじことするけどなあ」

思いがけない意見に戸惑った。

「栗田さんは自分の夢を息子に押しつけるような人じゃねえよ。あいつらが野球をやりたいと強く訴えたから、栗田さんも必死になったんだ」

あんちゃんは、小野寺の胸の内を察したように続けた。克也の父正一《しょういち》は若い頃、あんちゃんたち野球少年の憧れの的だったらしい。剛速球でならした正一が怪我《けが》で選手生命を絶たれたと知った時は、遠間中が悲しんだという。

「俺らが栗田さんを尊敬しているのは、単に野球が凄かったからじゃないんだよ。あの人はとにかく人格者なんだ。税理士さんとして優秀なだけではなく、経営が大変な個人事業主なんかには、ほとんど無償《タダ》で確定申告とかしてやるほどの人なんだ。それにどんなに仕事が忙しくても、地域の活動には欠かさず参加して誰よりも熱心なんだよ。そんな人が自分の夢を息子に押しつけるなんて、絶対にしない」

小野寺が知らない話だった。

「栗田君は、地元のために頑張るのに疲れたのかもしれませんねえ」

浜登がのんびりした口調で言った。

「克也がですか」

「いや、お父さんの方です。直接の担任になったことはないですが、彼は小学生の時には既に有名人でしたからね。今でもよく覚えていますよ。まちを挙げていろんな人が彼を応援してました。彼はそれに応えて甲子園に出場し、プロ入りも確実と思われていた。ところが、不測の事態で夢が破れてしまったわけです」

すっかりヒートアップした小野寺をクールダウンさせるように、浜登はゆっくりと話している。

「だから彼は地元の皆さんに一生懸命恩返しをして生きてきたんです。税理士の資格を取って、自分を応援してくれた人たちに対してはとにかく安い顧問料で引き受けた。地域活動に誰よりも熱心だったのも、せめてもの恩返しだったようですね。震災前のことですが、もう充分だから無理しちゃダメだと言ったことがあるんです」

　感情を抑え込んだような克也の父親の横顔が浮かんだ。

「でも彼は決して恩返しをやめなかったねえ。『私の慢心が怪我を招いたんです。そして、自分を支えてくださった方々の期待を裏切った。それを償《つぐな》わなければ』とね。それに、息子たちには野球をさせたくなかったようですよ。自分のような辛い生き方をさせたくなかったそうです。それなのに、野球をやりたいという息子らの熱意にほだされたって、苦笑いした顔もよく覚えています」

　もしかしたら俺は物凄い早とちりをしたんやろか。

「でもね、津波がすべてを奪い去ってしまった。家も仕事も、何もかもです。栗田君は顧問先をほとんど失ってしまったようです。そして残った先からは、『今はお金が払えないけど、復興資金の申請手続きをお願いできないか』という依頼ばかりが続いた。それでも、彼は嫌な顔一つせずにやってましたよ。その一方で、息子たちを地元の希望の星にはしたくなかったのかもしれません」

　小野寺は言葉を失った。栗田の父親に対して、子どもに夢を押しつける親というレッテルを簡単に貼ってしまった己が情けなかった。

「今の話を聞いて思い出したんだけどさ。栗田さんは、息子たちのためにはもっと凄いライバルがいるところで切磋琢磨《せっさたくま》させるべきだと、震災前から考えていたようだぜ。本当はもっと早くにあいつらを転校させるつもりだったのかもな」

津波が奪ったものは、家や職場だけではない。それぞれの夢や人生設計も大きく歪《ゆが》めた。

「とにかく何とかしなきゃって焦ってたんだと思うな。そんな時、大阪でも名門のリトルの監督が、兄弟を視察しに来た。おそらく、そこで良い話が出たんだよ。だから、決断したんだと思うな」

ならばなおさら、克也が心配になってきた。

「けど、アローズで一緒に練習してきた仲間と闘える最後の大会が来週から始まるのに、それを棄《す》てていく克也の気持ちは考えてやらなあかんやろ」

「克也君がここの大会に出場したいかどうかは分からないよね、小野寺先生」

浜登が何を言おうとしているのか分からなかった。

「せやから、私は克也に会って気持ちを質《ただ》したいんです」

「質すだけですか。『おまえ、本当はこっちの大会に出たいんとちゃうんか』とか詰め寄るつもりじゃないですか」

妙なイントネーションで浜登が小野寺の口調を真似《まね》ると、あんちゃんが「校長先生、関西弁上手になったね」と茶々を入れた。だが、小野寺は笑えなかった。痛いところをつかれた気がした。

「栗田兄弟が出場しないと、アローズは人数不足で大会に出場できなくなるんですよね。それでもいいのかとか、あなたならきっと言うでしょうなあ」

「言ったら、あきませんか」

「それこそ小野寺ちゃんのエゴだろ。栗田兄弟以外で、野球に人生を賭けたい子どもがアローズに何人いると思う？　俺はいないと思うよ。けど、あの兄弟は本気だぜ。あいつらにはプロ野球どころか、大リーグで活躍する大選手になって欲しいと俺は思ってる。その資質は充分あるんだ。だったら、こんなところでもたついていないで、大阪で可能性を広げた方がいいと思う」

「けど、二人がいなくなったら、試合出場資格も失うんやで。監督としてどないすんねん」

「それとこれとは別でしょ。監督の俺としては、ここは二人を気持ち良く送り出してやりたいよ」

「浜登前校長《こうちょうせんせい》も同意見ですか」

「まあ、克也君の気持ちを聞くのはいいでしょう。でも、彼が大阪の大会に出ると言ったら、背中を押してやるのがあなたの仕事ではないのかなあ」

6

翌朝、栗田克也は登校した。そして、朝の会が始まるなり挙手して発言を求めてきた。

「みんなに言っておきたいことがあります」

克也は背筋《せすじ》を伸ばして話し始めた。

「みんなも知っている通り、僕は大阪のリトルリーグのチームにスカウトされました。だから、一学期が終わったら大阪に転校します」

「ええ、聞いてないよお」

女子の一人がひょうきんな声で言うと一瞬だけ笑いが広がったが、金森が「うるせえ、黙って聞け！」と一喝《いっかつ》した。

「僕の夢は、プロ野球選手になって、遠間の良さを日本中の人に伝えることです。そのためにも強いリトルリーグで頑張った方がいいと思います。なので、大阪でもっと鍛《きた》えようと決めました。そして、来週から始まるリトルの大会の準備があるので、アローズの一員として、県大会には出場できません。本当にごめんなさい！」

克也はひと息に言い切ると、深々と頭を下げた。

「なに言ってんだよ！」

机を叩く音が響き、金森が立ち上がった。

まずいと思って小野寺が止める前に、金森が駆けよった。

「なんで、謝るんだよ。アローズみたいなボロチームのことなんて気にしないで、リトルで頑張れ！」

まさか金森からそんな発言が出るとは思わず、小野寺は呆気《あっけ》にとられてしまった。

同様に言葉を失って突っ立っている克也の両肩を、金森が摑《つか》んだ。

「頑張れ、克也。絶対プロ野球選手になってくれよ。それで遠間を有名にしてくれ」

「次朗《じろう》ちゃん、ほんとごめん」

「だから、謝んなって言ってんだろ。なあ、みんな克也に頑張って欲しいもんな」

教室の至るところから拍手が起きた。

「ありがとう。そこで、もう一つ僕からお願いがあります。僕と豊が抜けると、アローズはメンバーが足りません。誰か、助っ人をお願いします！」

「それなら翔太《しょうた》だ、頼むよ」

金森が指名したのはクラスで克也と並ぶスポーツ万能の鮫島《さめじま》翔太だ。彼は「いいけど」と頷いた。さらに数人が手を挙げた。

なんやこれ。

俺は何をしとったんや。

一学期の終業式の翌日、栗田一家は大阪を目指して旅立った。六年二組の仲間は総出で見送った。

その三日後——県大会予選の一回戦で遠間アローズは、四対八で敗れた。頑張っていた四年生エースが最終回表で力尽き、四点を失った。その裏、ツーアウト満塁のチャンスで最後の打者となった金森次朗は、セカンドゴロを打ってヘッドスライディングした一塁ベースに抱きついたまま、しばらく立ち上がれなかった。

声を殺して泣く彼をチームメイトが抱き起こし、ゲームを終えた。

八月一三日——、栗田克也から小野寺宛に手紙が届いた。

克也が所属したチームは北大阪地区で見事優勝し、府大会に進出したという。大会直前にチームに参加しながら、弟の豊は一七イニングを自責点ゼロに抑え、自分は四ホーマーを含む打率四割二分で大活躍したとあった。

海は見えるか

1

二〇一二年一〇月一〇日――、目覚めたら、並んで寝ているはずの大樹《だいき》の姿がなかった。小野寺《おのでら》は慌《あわ》てて布団から飛び出た。

まだ午前七時少し前だ。いつもなら小野寺が起こすまで、大の字で寝てる子なのに。

「あっ、先生、おはようございます」

大声で名前を呼ぶと台所から大樹の声が返ってきた。朝ご飯の用意をしているらしい。

「なんや、そこにおったんか。早起きやな」

大樹は心的外傷後ストレス障害《PTSD》のリスクを抱《かか》えている。不眠や悪夢に悩まされ、時としてパニックになって、教室から飛び出したりすることもあった。最近はようやく落ち着いて、パニックにこそならないが、発症リスクは依然としてある。

今朝は久しぶりにそれがぶり返したのかと、焦った。

「運動会の準備か」

体育大会が来週に迫っていて、六年生は何かと忙しい。

「市役所に行くんです。募金活動です」

「そういえば、松原《まつばら》海岸の復活運動やるって言ってたな」

昨日の夕飯時に大樹から聞いていたのに、すっかり忘れて焦った俺はアホやな。

遠間《とおま》市の海水浴場として親しまれてきた松原海岸は、その名の通り、かつては一〇〇本近い黒松が海岸線に連なっていた。その美しさは全国的にも知られ、「日本の美しき松原百選」にも選ばれている。

それが、東日本大震災の津波で根こそぎなぎ倒された。海岸線はえぐられ地形そのものが変わってしまった。松原海岸の美しさについては浜登《はまと》からも聞いていたが、震災以前の遠間を知らない小野寺には、想像するのが難しい。

ところが最近になってその松原海岸の美景を復活させようという運動を、地元の有志が立ち上げたらしい。

「それにしても市役所までは遠いぞ。遅刻せんと学校来れるんか」

「内田《うちだ》君のお母さんが車で送ってくれるんです」

ならば、止める理由はない。

「ついでなので、先生の朝ご飯も作っておきました」

そう言って大樹はベーコンエッグとソーセージを盛りつけた皿を手渡すと、ランドセルを背負って玄関へ向かった。

「おお、うまそうやな！　ありがとう。気をつけて！」

その声に被《かぶ》るように「行ってきます」という声が返ってきた。

小野寺の心配をよそに大樹は日々逞《たくま》しくなり、元気いっぱいで毎日を送っている。

親しくしている災害PTSDに詳しい精神科医によると、あれだけの大災害を経験すれば、誰だって大なり小なりPTSDになるものらしい。しかし、「日にち薬」という言葉があるように、ほとんどの人は時間の経過の中で日常を取り戻し、ショックや傷も徐々に薄れ、癒《い》えていくのだという。

だからといって震災の記憶が消去されたわけではない。不意に激しいフラッシュバックを引き起こす火種は、心の奥底に常に燻《くすぶ》っている。

そういう状況にさらされた時、最も逞しく恐怖体験を乗り越えていくのが子どもたちなのだそうだ。

だから、周囲の大人はあまり過敏にならず、パニックに襲われた時の「抱きしめ役」を務める心づもりさえしておけばそれで充分だと教わった。

「俺はけっこう過保護やな」

芸術的なほど見事な焼き加減のベーコンエッグを食べながら、小野寺はすっかり心配性になってしまった己《おのれ》に呆れていた。

その日の二時限目の授業が始まった直後にいきなり教頭が教室に入ってきた。小野寺が何か言う前に、教頭は三人の児童の名を呼び上げた。指名されたのは学級委員の内田駿也《としや》と仲山《なかやま》みなみ、そして金森次朗《かなもりじろう》だった。

「教頭先生、なんですか、いきなり。授業の邪魔せんといてください。一体何事です？」

「説明する必要はありません。名前を呼ばれた者は、すぐに廊下に出なさい」

なんや、その言い草は。子どもの学ぶ時間を妨害しといて、それはないやろ。

我慢ならず、教頭の後を追いかけると、廊下には大樹や児童会長の山波亮《やまなみりよう》らがずらりと並んでいる。やんちゃな金森はともかく、それ以外は、各クラスの学級委員や成績優秀者ばかりで、授業中に呼び出しをくらうような顔ぶれではなかった。

三組担任の三木《みき》まどかが心配そうに様子を窺《うかが》っているのが目に入った。

「大樹、なんで呼ばれたか分かるか」

教頭に構わず小野寺が声をかけると、大樹は亮と目配せをしてから答えた。

「今朝の活動のせいかな、と」

松原海岸の復活運動か。それが、そんな大層なことなのか。

「教頭先生、松原海岸を元に戻したいっていう運動に参加することの何が悪いんですか」

「教育長から、お叱《しか》りを受けたんです。知事や市長の決定に反対するような運動に、子どもたちが参加するとは何事だと。しかも今朝は募金だけでなく署名集めまでやってるんです」

言っている意味が分からなかった。

遠間市のシンボルである松原海岸の松林の景観を取り戻そうと始まった有志の活動に、なぜ教育委員会が目くじらを立てるのだ？

小野寺は事のなりゆきにぽかんとしている他の児童らに、「ちょっと自習しとけ」と言い残すと、大樹らについて行った。連れて行かれた先は校長室だった。

部屋に入るなり、校長に睨《にら》まれた。

「なんだ、小野寺先生まで。君は授業を続けていなさい」

「校長先生、だったら、この子たちも帰してください。どれだけの重大事か知りませんけど、授業中に勝手に子どもを呼び出す方がどうかしてます」

押し問答していたら教務主任の伊藤《いとう》が助け船を出した。

「小野寺先生もここにいたらいいわ。さあ、校長先生、とっとと済ませてください」

伊藤の一言で古本《ふるもと》校長がおとなしくなった。古本は伊藤の上司ではあるが、かつて古本が新米教師として赴任した学校では、伊藤は先輩で、何かと目をかけてやったらしい。当時の関係の名残で、いつもは傲慢《ごうまん》丸出しの古本が、伊藤にだけはどこか遠慮がちだ。

「君たちは、今朝、市役所の前や商店街などで、防潮堤建設反対の署名活動をしたそうだね。教育長から先程お叱りのお電話を戴《いただ》きました」

「いえ、防潮堤建設の反対じゃなくて、僕らは松原海岸を復活させようという署名と募金活動をしたんです」

亮が答えると、校長はいきなり拳《こぶし》でデスクを叩いた。

「松原海岸の復活を目指すのは、すなわち防潮堤建設に反対するという意味です。君らはそれを承知で、署名と募金活動をしたんだろう」

「校長先生、何が気に入らんのです。遠間が誇る美しい自然をもう一度取り戻したいという子どもたちの純粋な気持ちを踏みにじるんですか」

小野寺が嘴《くちばし》を挟んだ。

「君は黙っていなさい。松原海岸に防潮堤を建設するのは、既に県の決定事項なんです。なのに君らはそれに反対し、まちの安全対策を妨害しようとしているんです。いいですか、児童が政治活動するなど言語道断です」

いいや、あんたの頭が言語道断やろ。

2

東日本大震災の津波による甚大なる被害を受けて、政府は約一兆円の予算規模で防潮堤整備に乗り出した。防潮堤の高さは、二メートル強から一五メートル強までと被害の度合いによって異なるものの、総延長は四〇〇キロというとてつもない規模になる予定だ。

それを設置するか否かは、地元住民の意思を尊重するというのが原則だと、小野寺は聞いている。

しかし、実際は、地域ごとの復興計画も定まらないうちに県が説明会を行い、大半は国の提案について住民からの「同意」を得たことにして着々と準備を進めている。

巨大な防潮堤が、果たして災害防止の最良の方法なのかという検討もなく、まるで行き当たりばったりとしか思えぬ案がまかり通っている。しかも、沿岸全域に防潮堤が築かれるわけでもない。海岸部に住居や漁業施設がない場所はそのまま放置される。

そんな中で松原海岸にも防潮堤の建設が決定したのだが、いよいよ着工という段になって住民から計画見直しの声が上がったのだ。

「日本の美しき松原百選」にも名を連ねる松原海岸は、海水浴場としても人気があり、観光旅館やホテルも建ち並んでいた。震災後、営業を再開しようとする施設も増えつつあるものの、肝心の砂浜と松林は消失しており、それどころか今後は見上げるような高さの防潮堤が続くという景観の異様さに、今さらながら気づいたというわけだ。

松原海岸復活運動は、そういう住民の間で始まった、いわば防潮堤建設反対運動だと市長はみなしているらしい。

市民グループは表立っては防潮堤建設反対を唱えていない。しかし、松林や砂浜の復活を望むことは、すなわち防潮堤建設反対と同じ意味になるそうだ。

そんな運動に地元の小学生までが参加していると知って、市長は激怒した。そして教育長を通じて、参加した児童への厳重注意を命じたのだという。

亮は「防潮堤建設に反対だなんて言っていません。ただ、松原海岸を復活させようと訴えただけです」と繰り返すが、校長は聞く耳を持たなかった。

亮や大樹が救いを求めるような目を向けてきたが、小野寺は何と言っていいか分からなかった。

「子どもたちに政治活動をさせるな」という主張については、小野寺も異論がない。表立った場所で政治的な主張をするのは小学生には早すぎる。それに、子どもを利用して賛同者を増やそうという大人の下心が透けて見えるのも不愉快だった。

だが、自分たちにとって大切だった場所を取り戻したいという子どもらの気持ちは汲《く》み取ってやりたかった。

「あの、校長先生」と小野寺が口を開きかけた途端、校長は大声でまくしたてた。

「議論の余地はありません。これは、教育長命令です。いいかね、明日以降、活動をしたらすべて『非行』とみなします」

無茶な話だ。そもそも非行とみなすという言い方は、脅迫だった。そんな命令など、子どもたちだって素直に承服できないだろう。

遠間第一小学校の前校長である浜登は「子どもたちの行動は可能な限り制約しない。子どもたち自身が試行錯誤し、自ら結論を出すのを見守る」姿勢を大切にしていた。したがって、遠間第一小の児童は教師による強権発動というものに慣れていないのだ。

案の定、校長の上意下達に皆不満そうだ。

「皆、言いたいことがあるんやったら、ちゃんと校長先生にお伝えせえよ」

だが、署名や募金活動を続けたら「非行とみなす」と脅された子どもたちは、反論のとっかかりを摑《つか》めないようだ。

「よし、じゃあ、これで話は終わりね。みんな授業に戻って」

伊藤が切り上げようとした時、唐突に、みなみが発言した。

「私、校長先生のご意見を聞きたいです」

「なんだって？」

「校長先生は、教育長が命じているから署名活動をやめなさいとおっしゃいましたが、校長先生は松原海岸がお嫌いなんですか」

「私の意見は、関係ない」

「私、ＰＴＡだよりの中で、松原海岸は子どもの頃から何度も海水浴を楽しんだ場所で、そこが被害を受けたことに心を痛めていると、校長先生が書いておられたのを読みました」

「僕も読みました」

内田が参戦した。いつもは何ごとにも無気力な内田にしては珍しい反応だった。

「だから、どうしたと言うんだね。今日の問題は、私がどうのこうのという話とは関係ない」

だが、それでもみなみは引き下がらない。

「もう一度あの素晴らしい松林と砂浜を見たい、とおっしゃったのに、偉い人が松林や砂浜なんてどうでもいいって言ったら、それに従うんですか」

頭に血が上ったのか、校長の顔が赤くなった。

タッちゃんこと、宮坂辰彦《みやさかたつひこ》隊員の件以来、みなみはこんな風に反抗的な態度を時折取るようになった。

「みなみ、そのへんにしとけ」

「小野寺先生は黙っててください。校長先生、私は松原海岸で泳ぐのが大好きでした。だからまた泳ぎたい。明日も署名活動します」

みなみは宣言するように言うと、校長室を出て行った。

あかん、これはまずいことになった。

小野寺はすぐに彼女を追いかけた。

「おい、みなみ、ちょっと待て」

呼び止めようとしたら余計にみなみは加速して、玄関に向かって駆けて行く。

小野寺は必死に追いかけ、運動場の真ん中で何とか捕まえた。

「放してください。先生、セクハラです」

そう言われて力を緩めた瞬間、みなみの体が手からすり抜けた。

みなみは振り返りもせずに、校門に続く坂道を下って行く。

追いかけようとした時、誰かに背後から肩を摑まれた。

「私が行くわ。あなたは、みなみちゃんに嫌われているでしょ」

伊藤だった。酷《ひど》い言い方だったが否定できなかった。

小野寺は敗北感に打ちのめされながら、あとのことは伊藤に任せた。

3

学校からの帰りに、中井俊《なかいしゅん》が経営する土建会社に小野寺は立ち寄った。松原海岸復活の会の事務局を引き受けていると聞いたからだ。

みなみの後を追いかけて行った伊藤の話では、学校を飛び出したみなみはその足で、商店街で署名活動中だった「復活の会」に加わったらしい。

伊藤が学校に戻るよう注意したが、断固拒否した。往来の真ん中でひと悶着《もんちやく》を起こしそうになって、会の代表者である佐々川海人《ささがわうみと》に「学校が終わってから手伝って」と諭《さと》され、ようやく諦《あきら》めたそうだ。

伊藤に連れられて授業に戻ってきたものの、みなみはずっと窓の外を見たままだった。

小野寺に対するみなみの反抗的な態度は、彼女のメル友だった若い自衛官の死がきっかけだった。

あんちゃんや前校長である浜登からは、「焦らずじっくりとみなみちゃんに寄り添いましょう」と言われている。だが、窓の外ばかり眺めているみなみを見るのは辛《つら》かった。単にふてくされているだけだと叱るのは簡単だ。だが、みなみ自身がそれに気づき、辛さを克服して欲しかった。松原海岸復活の会への参加はそのチャンスに思える。

そこで松原海岸復活の会に関わっている。あんちゃんの会社は港の近くにあるが、小高い丘の上に建つという立地と、近くの鎮守の杜《もり》のおかげで、ほとんど無傷だった。

物資の積み込みなどをしている若いボランティアの間を抜けて、小野寺は二階に上がった。

社長室というプレートが掛かったドアをノックして中に入ると、中井社長は電話中だった。

「だからさ、全然人が足りてなくて、すぐにできないって言ってるだろ。いや、カネの問題じゃなくてさ、人がいねえんだよ。とりあえず何とかするから、あと三日待ってよ」

電話を切ると、あんちゃんはタバコとライターを手にして「屋上行こ」と立ち上がった。

「忙しそうやな」

「忙しいなんてもんじゃねえよ。沿岸部分の工事が始まったろ。かさ上げだの倒壊建物の基礎部分の撤去だの、仕事はいくらでも来るんだよ。でも、人手がなくってさ」

聞けば、パワーショベルやブルドーザーなどの重機を使える作業員が圧倒的に不足していて、各地で人材の争奪戦が始まっているのだという。

「何でもいっぺんにやるからだよ。だから、こんなことになる。まったく行き当たりばったりもいいところだよ」

タバコの煙が目に染みたのか、あんちゃんは目を何度もこすりながらぼやいている。

「そんな時に相談事なんか持ち込むのはホント申し訳ないねんけど、聞いてくれるか?」

「全然、問題なし。やっぱりあれだな、俺、商売抜きの活動って好きだわ。御用聞きやいろんな運動に参加すんのは楽しいよ。だから、気にすんなって」

小野寺は言葉に甘えて、今日の顚末《てんまつ》を説明した。

「ほんと、あの校長はクソだな。浜登前校長《せんせい》が偉大だったから、余計にぼんくらぶりが目立つ」

俺だって、面と向かって校長にそう言ってやりたいよ。

「松原海岸復活の会っていつからやってたんや? 恥ずかしながら俺は昨日、大樹に聞くまで知らなかった。どういう運動なのか教えてくれへんか」

「俺もあまり詳しくない。リーダーは海人だからな。俺はあいつの兄貴の方と親友でね。

それで俺も手伝っている感じ」

佐々川家は松原海岸に近い浜で、牡蠣《かき》やホタテの養殖を手広く営んでいた。発災時、父親と兄の海一《かいち》はホタテ加工場で仕事をしていた。大きな揺れが収まると、工場の従業員を避難させ、それから二人で海辺のホタテの養殖場に向かった。

「被害状況を確かめたかったんだろうな。だが、そんなことしちゃダメだったんだ」

あんちゃんが悔《くや》しそうに言うのも無理はない。それが原因で二人は津波に飲まれて帰らぬ人になってしまったからだ。

一方の海人は、牡蠣の養殖場で作業をしていたが、軽バンに飛び乗り高台に避難して無事だった。大地震が来たら、各人《てんでんこ》で避難せよという亡き祖父の遺言を守ったのだ。

寒さに震えながら海人は一人、両親や兄の家族を待った。

「だけど佐々川家の家族で生き残ったのは、海人だけだった」

兄嫁は一人息子を幼稚園に迎えに行って、渋滞に捕まったところを津波に飲まれた。ホタテ加工場に留《とど》まり、夫と息子の帰りを待っていた母親も亡くなったのだという。

昨年の秋から遠間第一小学校で臨時教員として図工を教えていた佐々川海人には、小野寺も世話になっていた。おとなしそうな子ども好きという印象しかなかったのだが、そんな壮絶な経験をしていたとは。

「松原海岸復活運動について知りたいんなら、海人を捕まえて直接聞いた方が早いぜ」

「佐々川先生が、そんな活動をしているのを知らんかったんや。まあ、知っててもあんちゃんに尋ねたと思う」

実は、佐々川は先週突然、退職したのだ。おそらく、この運動のせいだろう。

「一身上の都合だと俺らは聞いてたんやけどな。きっとこの運動のリーダーやからに違いない。だから、佐々川先生には聞きにくい」

「と言われてもなあ。俺はあいつが臨時教員を辞めたのを知らなかったし、運動に子どもたちを巻き込んだことも初耳だよ。一体、何を考えているんだか」

あんちゃんにも分からないというのは困った。

「佐々川先生って、ちょっと世捨て人みたいな印象があるやろ。そんな人が、なんで松原海岸復活運動なんてやり始めたんや」

「さあなあ。海人を子どもの頃から知ってるけどさ。とにかく内気な子で、俺と海一の後をいつも黙ってついてくるだけで、一緒には遊ばないんだ。ちょっと離れた場所で、じいちゃんにもらったという古いカメラをいじっているか、絵を描いている印象しかない」

「そんなヤツが、なんで市長の神経を逆撫《さかな》でするような運動を仕切ってるんだ」

「ある日、松原海岸復活を呼びかけるビラを作りたいからプリンターを貸して欲しいと俺んところにやってきた。それで事情を聞いて、俺も手伝っているって感じなんだ。だから、本人はリーダーという自覚はないかもしれない」

その方が腑《ふ》に落ちる。

「その程度の運動なのに、なんで校長は目くじらを立てるんやろな。松原海岸復活運動はすなわち防潮堤建設反対運動だと、あいつらは決めつけてたぞ。あんたらは、そういう目的で活動をしてんのか」

あんちゃんが、珍しく言い淀んだ。

「なんや、正直に教えてくれよ。松原海岸復活イコール防潮堤建設反対ではないんやろ？　それやったら、そこはちゃんと表明したらええやんか。校長みたいに曲解する頭の固い人は案外たくさんいるもんやで」

あんちゃんはしばらく考えてからタバコを灰皿に押しつけた。

「まあ、小野寺ちゃんだから正直に言うよ。俺が見ている限りでは、あれはれっきとした防潮堤建設反対運動だな」

「えらい回りくどい言い方やな。そう思ってない人もいるということか」

「この話は、難しいんだよ。活動に参加している人の中には松原海岸は復活させたいけれど、防潮堤建設賛成と決めた地元の意見に刃向かうのを、よしとしない人もいるんだ。メンバー全員に共通しているのは、あの松林と砂浜の風景を取り戻したいってことだけだ。だから表立っては政治とは関わりのないことだと言っている」

しかし、現実には小学生まで巻き込んだ政治問題になってしまっているのだ。

「それで防潮堤の建設はもう決定なんか?」

「らしいぜ」

「瓦礫《がれき》の撤去や高台移転、地盤沈下した土地のかさ上げもせなあかんのにな。遠間中《じゅう》が工事中になるんやな」

「まあね。けど、そっちは住民の総意が決まらず立ち往生しているだろ。防潮堤建設だけはどんどん進んでるんだ」

東北三県の防潮堤が壊滅状態だ。こんなところを再び津波に襲われたら、さらに甚大な被害を招きかねない。だから、防潮堤建設だけは、国が前のめりになって各県知事をせき立て、地域の同意を取りつけている。

「知事が直々にテレビとかで呼びかけたんだよ。一刻も早く防潮堤を作りましょう。それが復興の第一歩です。とにかく安全です——なんて頭ごなしに言われちゃうと、もう反対できないわけ」

その上、防潮堤建設に同意しなければ、漁業活性化支援や高台移転のためのサポートはないというデマが流れたらしい。

「そんな中で、佐々川先生は反対したんか」

あんちゃんが、渋い顔で首を横に振った。

「いや、その時はあいつ、遠間にいなかったんだ。家族全員を失ったショックのせいで、半年ぐらい行方不明だった」

その間に、防潮堤建設は住民合意に至ったわけか。

「あんちゃん自身は、どう考えてるんや」

「松原海岸はこっちの自治会には属さないんだ。だから、何も言えなかった。ウチのところは沿岸を居住地区としないって地元で決めたんで、三メートルの防潮堤が建つことになっている」

震災が起きるまでは、未来のための選択といえば、進学や就職・結婚というごく個人的なことばかりだった。もちろん居住地も未来の選択の範疇《はんちゆう》に入るが、いずれにしても命に関わる問題ではない。ところが、被災した東北太平洋岸住民に突きつけられたのは、未来の命に関わる重い選択だった。

重大な選択についてとことん検討するという習慣を持たずに生きてきた者に、いきなりそれを要求するのは難しい。結果的に、行政の提案という名の、押しつけ通りに事が運ぶ。

とはいえ実際にその選択が形になると、何かと問題が起きてくるものだ。やっぱり高台には住みたくないと思う人もいるだろうし、新しいまちに馴染《なじ》めない人もいる。防潮堤もそうで、計画が具体的になると、想像とは異なる状況であることを実感し、反対の声を上げる地区が後を絶たない。

一方、行政は「すべては住民の合意の上で進めてきたので、今さら変更はできない」という態度を崩さない。そこで、より深刻な衝突が起きるわけだ。

「具体的に松原海岸の防潮堤の高さは？」

「計画では一二メートル。ウチのビルは三階建てだけど、ここより高い壁が海岸とまちの仕切りになるわけだ。しかもね、今度の防潮堤は強度を高めるために壁じゃなくて台形にするんで、すんげえ威圧感があるらしい」

小野寺は思わず屋上の柵から身を乗り出して見下ろしてしまった。

こんな高い小山のようなものが防潮堤として帯状に沿岸に連なるのは、さぞや異様な風景だろう。

「これじゃあ、たとえ砂浜が蘇《よみがえ》ったとしても、松を植えても、防潮堤の向こう側にあるから美観を楽しめないんだよ。そして、俺たちは高い壁に守られた牢屋《ろうや》で暮らすんだ」

「住民の命を守るため！」というお題目は無敵だ。それが小野寺には引っかかる。次の大災害が起きた時に非難されたくないから、ごつい高い壁作ったる！――そういう主張は何か歪《いびつ》だ。

「県や市はさ、国のプレッシャーもあって、ここで断ったらもう二度と作ってもらえないんだって脅すんだよ。だから、皆びびっちゃってさあ」

景観を守りたいからと防潮堤を拒《こば》む――その代償として再び犠牲者を出すのか、というのは脅迫に等しい。

そして住民はその論法にひれ伏して、壁の建設を許してしまうのだろうな。

「小野寺ちゃんは松原海岸に行ったことあんの？」

「一度だけ。けど、あまりにも殺伐としてたんで、それきり行ってへん」

「この間、防潮堤建設予定地に、でっかい看板を立てたんだよ。防潮堤の高さを知ってもらうために予定の高さに近いものを復活の会で作ったんだ。その効果が絶大でさ。今からでも遅くないから、防潮堤建設をやめてもらうべきじゃないかという声がさらに高まったんだ」

あんちゃんの話では、似たような例は他の地区でも多数あり、工事が直前で頓挫したところもあるらしい。

「往生際が悪いかもしんないけどさ、このまま唯々諾々《いいだくだく》と従うのもなんか違う気がしてさ。俺たちのまちとか言ってるのに、こんな時はお上《かみ》任せっておかしいじゃん」

「せやけど次の津波はどないすんねん」

「そりゃあ、もうてんでんこに逃げるさ」

てんでんこというのは、地元の言葉で各自ばらばらにという意味だ。大きな地震が起きた時は、とにかく各自めいめいで高台へ避難せよという遠間の教訓だった。東日本大震災の際も、その言葉を忘れず難を逃れた人は大勢いる。

「松原海岸の防潮堤は建設費だけで約三〇〇億円もかかるんだってさ。それだけの予算があるなら、松の植林やって砂浜を復活させて、まさかの時の避難施設を数ヵ所設けるって方法も可能なんだ。ていうか、その方が安くつくらしい」

頑《かたく》なに防潮堤を建設する意味って何《なん》や。誰だって首をかしげたくなることなのに、知事も市長も「一度決まったものは撤回しない」と言い切っているらしい。

「小野寺ちゃんは、どう思う？　こんな無駄を許していいと思うか」

「いいとは思わへんけどな。ただ、地元のゼネコンや土建業者がひと仕事して儲《もう》けられるチャンスやし、それで景気回復にもなるんやから、この際なんでも作ってもらったらええやんか、という考え方もあるけどな」

ただ、一二メートルの小山のような防潮堤が完成した時の風景を想像してみると、反対したくなる気持ちも理解できる。

「海岸沿いで暮らしていた人にとって、海が見えないのは不安なんだよ。俺たちがボランティアでお世話しているじいちゃんやばあちゃんの中にも、未《いま》だに海の見える丘や港に行って座り込んでる人がいるからなあ」

いつもそこにあった海が見えなくなる不安と、また津波に飲まれるかもしれない不安は、天秤《てんびん》に掛けられない感情だ。そして次の大津波がいつ来るのかは誰にも分からない。

いわば短絡的な対症療法で取り繕《つくろ》うことを、未来を守る防災と呼べるのだろうか。

昔から何度も津波に襲われてきた遠間のまちは、これまでも防潮堤が津波に負けるたびに、より高いものを作ってきた。なのに、東日本大震災で発生した津波は、それを軽く越えてまちを飲み込んでしまった。

いくらやっても、自然の力は人間の力を簡単に凌駕《りょうが》する。だったら、あんちゃんの言う通り、防潮堤の高さではなく、別の智恵を絞るべきなのだろう。

「今さら防潮堤建設を止められんのか」

「どうだろうね。でも、実際に地元住民の運動で防潮堤建設が止まったところもあるんだよ」

だとすれば、佐々川の運動は無駄なあがきではないことになる。

「まぁ遠間のことを思えば反対運動は意義のある活動なのかもしれんな。とはいえ佐々川先生が子どもたちを誘って運動をさせているってのが気になるんや」

「あれは、子どもたちが自発的にやってることだろ。さすがに、彼もそれぐらいはわきまえているよ」

放課後、小野寺は内田や亮、大樹らから詳しい事情を聞いた。彼らは一様に、「松原海岸の海水浴場と松林が復活して欲しいから、無理にお願いして参加を許してもらったんです」としか言わなかった。

信じたかったが、それだけではない気がしている。

「子どもの一人は、佐々川先生が作ったポスターを見て募金活動を知ったって言ってたけど」

「大看板を写真に撮ってポスターにしたんだ。それを見たんだろうな」

前年度の六年生なら、自発的に集まってやったというのも頷《うなず》ける。だが、今年の六年生には彼らのような覇気も自立心もない。人前で声を出して寄付や署名を集めるという積極的な活動が想像できない。誰かが強くリードしたとしか思えない。

「なんだ、『わがんね新聞』を作らせた小野寺ちゃんとは思えないなあ。子どもたちの自主性を信じてやれないんだ」

あんちゃんには隠し事ができへんな。なんでもすべてお見通しや。

「そういうわけやないねんけどね。なんかきっかけがあった気がするんや。それを知りたい」

二本目のタバコをくゆらせていたあんちゃんが立ち上がった。

「今から大看板見に行ってみっか」

4

乗り心地の悪い軽トラに揺られること二〇分、車は瓦礫置き場の周囲に張りめぐらされた防塵《ぼうじん》フェンスの間を縫って、松原海岸へと到着した。

あの日から既に一年半以上経つが、海岸にはまだ、津波の深い爪痕《つめあと》が残されたままだ。腹を見せている漁船、テトラポッドや錆《さ》びたワイヤの塊《かたまり》など、およそ浜には似つかわしくない物が無秩序に転がってシュールなオブジェのようだ。また、太い幹が無惨に折れた根こそぎになった松なども放置されたままだ。

随分慣れたはずのヘドロの臭《にお》いも、このあたりまで来るとかなりきつくて辟易《へきえき》とする。

そこに大看板があった。夕陽に映える松原の美しい写真を貼った大看板が強化アルミ製の足場に掲げられている。

思った以上に威圧感がある。あまりの巨大さに、見ているだけで息が苦しくなった。

「これと同じスケールのものが、全長一キロ近い長さで出現するんだぜ。海を眺めようと思ったら、あの神社まで行かなくちゃならない」

随分と離れたところに里山があり、中腹に朱色の鳥居が見えた。

津波を防ぐためなのは分かる。だからといって、こんな高い壁に目の前を塞《ふさ》がれる暮らしは考えるだけでも、ぞっとする。

「ちょっと、こっちに来てみ。足下《あしもと》気をつけてな。釘とか踏むと破傷風になっから」

立て看板を回り込み、海に向かってあんちゃんは歩き始めた。

「海人のやつ、もう植林を始めてるんだよ。ネットで黒松の苗を買う資金を寄付して欲しいって訴えたら、結構な額が集まったんだ。それでさっそく黒松を調達して、一人で植林している」

大人の腰のあたりぐらいの高さの細い松が、既に一〇〇本以上は植えられている。

「松林って砂浜の定番みたいに思ってたけど、育てるのはひと苦労らしい。いざ植林しても手入れが大変らしいぜ」

海浜に適しているのは、乾燥や塩害に強い黒松だ。しかし、苗木では砂から水を吸収するのが難しく、根が張らないうちはちょっとした強風でも倒れてしまう。そこで防風用の垣を作ったり、頻繁に水をやる必要があるらしい。

「おたくの児童の誰かが、海人の植林活動を知って、手伝いたいと言ってきたんだ。だが、余震で津波でも来たら大変なので、三〇分ほど一緒に作業して帰したそうだ」

人の好《よ》さそうな海人が追い返そうとする姿と、もっと手伝いたいと訴える子どもたちの様子がありありと浮かぶ。その舞台が東北の太平洋岸でなければ、ほほえましい光景だったかもしれない。

「見て欲しいのは、この浜なんだ」

あんちゃんが指差したところは、内陸に向かって、ぞっとするほどえぐれている。

「酷《ひど》いもんだけどさ、去年は、こんなに砂地がなかったんだよ。それが、一年も経つと砂浜として蘇りつつあるんだ。震災前に比べたらまだまだわずかだけどさ。でも俺、こういうの見ると感動するんだよ。だって、時間と共に、砂浜は自力で復元しようとする。すげえなあってさ」

「あっ、俊さん」

声がした方を振り返ると、痩身《そうしん》の佐々川が立っていた。両手に大きなじょうろを持っている。

「小野寺先生まで。こんにちは」

もしや、あんちゃんの策略かと思ったが、それでも小野寺は良い機会だと思うことにした。

「こんにちは。松の水やりですか」

「ええ。僕一人だと焼け石に水ですけどね」

ほぼ二人同時に「手伝いますよ」と、声が出た。それから一時間近く、男三人でひたすら水をまいた。

佐々川はかつて松林があったあたりに廃材で小屋を建てて住んでいるらしい。

陽《ひ》が傾きかけた頃、全員が肩で息をしながら砂浜に座り込んで、佐々川が用意した麦茶で乾杯した。

「今日の夕陽はきれいだねえ。なんか、得した気分だよ」

上機嫌のあんちゃんが目を細めている。

「ここには何かご用で来られたんですか」

佐々川に尋ねられて、小野寺は正直に学校での一件を話した。

「そうでしたか……。本当に申し訳ないことをしました。そうですね、僕がもっとしっかりみなみちゃんに説明すればよかったな」

　仲山みなみの名が出て、そこに食いつきそうになったが小野寺は我慢した。

「佐々川先生、教えて欲しいんですが、子どもたちは、どういう経緯で今朝の募金活動に参加したんでしょう？」

「毎週二度、学校で図工の授業をしていたご縁で、六年生のみんなと仲良くなりました。特にみなみちゃんや大樹君らとは年の離れた友達みたいにウマが合ったんです。彼らは、僕が立ち上げた松原海岸復活の会のホームページを見て、それで植林の手伝いに来てくれたんです」

　中でもみなみは「私たちにも他にできることはないか」と積極的だったそうだ。

「それで、市役所前や仮設商店街での署名活動を計画中だと言ったら、ぜひ手伝いたいと言ってくれて……。でも冷静に考えたら確かに、子どもたちを反対運動に巻き込むのは問題です。一日も早く松林と砂浜が戻って欲しい——。僕の頭の中はそのことでいっぱいで、子どもたちの立場をまったく考えてなかった。僕が浅はかでした。明日にでも、学校に謝りに行きます」

　その時あんちゃんが、「ごめん、ちょっと用事を思い出した。小野寺ちゃんの自転車、車から降ろしとくから、適当に帰って」と言い出した。

小野寺は二つ返事で応じて、佐々川との話に戻った。

「佐々川先生だけの責任やないですよ。それより、遠間の子どもたちにとって松原海岸がどんな存在なのか、気づかんかった私の方こそ問題や」

だが、佐々川は反省の弁を繰り返し口にした。

「松原海岸って遠間っ子にとっては心の故郷《ふるさと》みたいな場所なんですよ。僕はこのすぐ近くで生まれました。物心ついた時からずっとここが遊び場でした。砂に絵を描くのがとにかく楽しかった。それから祖父に古いカメラをもらったのをきっかけに、今度は写真にハマりました。毎日、暇さえあれば飽きもせず松原海岸を撮っていました」

それが高じて海人は東京の美大で写真を学び、その世界で生きようと決意したこともあったそうだ。

「震災直後は、僕の家族を奪った海を恨《うら》みました。恵みの海、母のような存在だとずっと思っていた海に裏切られた気がしました。同時に怖かった。だから、僕はここから逃げ出したんです」

なのに今は戻って、小屋まで建てて暮らしている——。

「今はもう怖い存在じゃないんですか」

その問いに佐々川はしばらく答えなかった。海風を受ける佐々川の姿が夕焼け色に染まって、波の音だけが続いている。

「美大時代や卒業後に世話になった人たちの善意を頼りに、東京のみならず、あちこちを放浪しました。気づくといつも海の見える場所に惹《ひ》きつけられていました。でも、何か物足りない。心の中に得体の知れない空洞のようなものを感じていました。それが何なのか、ようやく分かったんです。震災後、遠間から逃避していた時にテレビで偶然、ここの風景が映ったんです。それを目にした途端、自分でも驚くくらい涙が溢《あふ》れてきて。思考より先に体が反応していた。その瞬間、僕が生きる場所は遠間しかないと悟ったんです」

そして戻ってみると、松原海岸に高さ一二メートルもの防潮堤の建設が決まっていた。

「大事な選択をする時に、ここから逃げていた僕に、防潮堤建設を勝手に決めやがってと文句を言う権利はありません。でも、やっぱり認めるわけにはいかないって思いました」

それで反対運動か。

「ご存じでしたか。ここに松林があったから多くの住民の命が助かったんです」

初めて聞く話だった。

「僕は発災時に近くの牡蠣の養殖場で作業をしてました。大きく揺れてパニックになりました。それでも何とか逃げ出した時に海の方を見ると、強い引き波で海底が見えていたんです。これはダメだ……。そこからはもう無我夢中で、軽バンで高台を目指しました」

佐々川の視線に釣られて、ここから見える一本道を見てしまった。さっき通ってきた道だ。そして、その場所を必死に走る白い軽バンの姿も見えた気がした。

「バックミラーに津波が映った時の恐怖は忘れられません。物凄《ものすご》い勢いで迫ってきました。防潮堤なんてあっさり越えてしまった。目一杯アクセルを踏み込みながら、これは追いつかれる、ダメだと覚悟しました。

ところが、急に津波の速度が落ちた。松林が波の勢いを削《そ》いだんです。おかげで、僕は何とか助かりました。同じように、その隙に逃げ果《おお》せたという人が何人もいます。松林は身代わりになって僕らを守ってくれたんです」

自然の力が人を襲い、自然の力が人を守る。どっちにしたって自然には敵《かな》わんのか――。

「あんな大津波が再び来た時のために防潮堤が必要だと国や知事、市長は主張する。でも、僕は海が見えないのが一番いけないと思います。ぞっとするような引き波が見えたから、僕は一刻も早く逃げなければと思った」

だが、防潮堤に視界を遮《さえぎ》られていては海の状態が分からない。海が見えなければ、津波が防潮堤を飲み込む直前まで異変に気づかないかもしれない。

「海の恵みで潤う時もあれば、海に牙を剝《む》かれ酷い目にあうこともある。でも、それが海と共に生きるという意味なんだと思います。

だから、僕らの視界から海を奪って欲しくないんです。僕は常に海を見ていたい」

佐々川の想いは、海辺のまちである遠間で生きる人々の本音なのだろう。

「僕は人づきあいが苦手だし、こんな活動をする柄《がら》じゃないんです。でも、図工の臨時教員という機会を得たことで、気づかせてもらったんです。

もはや立ち直れないと思うほど壊滅したのに、遠間の回復を信じている子どもたちがいる。生まれ育った遠間の美しい自然が大好きで、それを取り戻すための役に立ちたいと一生懸命考えている。そんな子らに海を壁で遮られた寂しい未来を手渡すのか。

彼らのためにも、海と生きる者として声を上げなければならないと思いました」

みなみがなぜ今回の運動に一生懸命なのかも、分かった気がした。

「その話、みなみにもしたんですか」

「ええ。みなみちゃんが一番熱心ですからね。彼女、今年の春に辛いことがあったんですよね。大切な人を助けられなかったと自分自身を責めてました。だけど、誰だって簡単には他人を救えない。それよりも自分の人生を一生懸命生きるべきなんだと話しました」

「みなみは、何と？」

「理屈では分かっていても、それを認めたくなかった。そして、震災復興のため安心安全だけを優先させて、何でもかんでも防潮堤建設を推進しようとする大人が許せなかったみたいですね」

まさにその通りの大人が、俺だ……。

「そんなことがいろいろ積み重なって、松原復活の運動を手伝いたかったようです。そして、友達にも呼びかけると」

みなみは今、一人で心の大きな傷を乗り越えようとしている。

彼女に対して、分かった風な言葉でなぐさめてはいけないのだ。黙って見守るのが大人の役目だと、小野寺はあらためて痛感した。

「佐々川先生、僕にも松原海岸復活運動、手伝わせてください。子どもたちが自主的にやろうとしている活動を続けさせてやりたいんです。私が校長や教育長の妨害を止める楯《たて》になります。まあ、大したことはできませんけどね」

それは偽善ちゃうんかという自問はこの際、無視した。

翌日、遠間第一小学校の玄関口にある掲示板に、壁新聞が貼られた。

紙名は「わがんね新聞」で、松原海岸の松林と砂浜を守ることは、いけないことなのか！　と全校児童に呼びかける内容だった。

編集責任者として、仲山みなみの名が記されていた。

砂の海

1

三学期に入ると、遠間《とおま》の冬は一段と厳しさを増す。寒風吹きすさぶ校庭で体育を教えていた小野寺徹平《おのでらてっぺい》は、授業の終了を告げる笛を鳴らした時に悪寒《おかん》を覚えた。それに、流れる汗もいつものそれとは異なり、全身がじっとり湿っている。

風邪ひいたかな。もしかして、インフルかもしれんな。

これで休んだらまた校長に嫌み言われるんやろうなあ。バカは風邪ひかへんはずやろって。いや、インフルはバカでもかかるんや。

六年二組の終わりの会を済ませると、小野寺はその足で保健室に行った。

保健室を覗《のぞ》くと、養護教諭の渡良瀬泰子《わたらせやすこ》が、複数の児童に囲まれていた。皆、渡良瀬の話をじっと聞いている。

「じゃあ、また明日。インフルエンザが流行《はや》ってるから、しっかりうがいして暖かくしてね」

渡良瀬は、一人ひとりの児童の頭をひと撫《な》でしてから送り出した。様々な理由で、授業に出られない子どもたちだった。

保健室に通う児童は、どんな学校でも一定数いる。不登校予備軍などと言う輩《やから》もいるが、養護教諭と担任が連携してきちんと対応すれば、やがて子どもたちは教室に戻っていく。ただ、被災地の学校の場合は、もう少し事情が複雑だった。何かの拍子に、津波の瞬間を思い出して怖くなったり、集団の中でじっとしていられなくなるような症状が、いわゆる心的外傷後ストレス障害《PTSD》の一つとして表出するのだ。

　そういう場合の避難所として、渡良瀬は保健室を活用するよう積極的に呼びかけている。そのため保健室のベッドは連日満床で、時には一つのベッドに二人が寝ていることもある。あるいは渡良瀬と遊んで時間を過ごす児童もいた。

　何事にも個人差がある。震災の恐怖や悲しみからどう立ち直るのかも人それぞれだ。渡良瀬は根気よく、子どもたちと向き合っていた。

「あら、小野寺先生、顔色悪いわね」

「分かりますか？　もしかして、インフルかと思いまして」

　渡良瀬の手が小野寺の額に当てられた。

「ちょっと熱っぽいわね。ちょうどいいわ。お隣の校医室に先生が来ているので、診《み》てもらいましょう」

　校医室があっても、医者が常駐しているわけではない。身体測定や健康診断の時などに校医が来て利用するだけだ。

渡良瀬の言う先生とは、避難所生活をしている眼科医の岡田《おかだ》のことだろう。眼科医でも、インフルエンザに罹患《りかん》しているかどうかはチェックできるし、治療や施薬指示もできる。齢《よわい》七七の岡田は今でも矍鑠《かくしゃく》として元気で、性格は頑固一徹。その上、話がくどいのだが、診察してもらう以上は贅沢《ぜいたく》は言えない。すぐに診てもらえるのはむしろラッキーだと思うことにした。

遠間市は震災前に、赤字が続いていた市民病院を閉鎖している。もっとも、内科、眼科、歯科は個人診療所があったので、よくある病気くらいなら市民は不便を感じなかったようだ。ところが、内科医が往診中に津波の犠牲となって状況が変わってしまった。

現在は遠間市民の要望で、赤十字などから派遣されている医師と、岡田が遠間の医療を担っていたのだ。

小野寺が校医室をノックすると、女性の声が返ってきた。

室内には白衣を着た女医がいた。しかも、まだ学生かと思うほど若く見える。

「失礼します。ちょっと、熱っぽいんで診て欲しいんですが」

「どうぞ、こちらに座ってください」

女医の白衣の胸ポケットの名札には近藤《こんどう》とあった。症状を伝えると、近藤は機械的な動きで診察した。

「おそらく風邪だと思いますが、インフルエンザが流行していますので、念のため検査してもいいですか」

「もちろん！　しっかりやってください」

女医は手際よく小野寺の鼻から検体を採取した。少しくすぐったかったが、近藤医師はなかなか腕が良かった。

「先生は、赤十字の方ですか」

「いえ、陸奥《むつ》大から来ました」

国立の名門大学だ。

「近藤先生は、まもなく市役所内に開設される診療所に勤務されるんですよ」

顔見知りの看護師が教えてくれた。

「それはありがたい。頼りにしてます！」

小野寺のお愛想に近藤は笑顔一つ見せず、検査キットをチェックしている。

「インフルエンザではないようですね」

「ああ、助かった。教師がインフルになったら、しゃれになりませんからね。近藤先生、ほんまありがとうございます」

「でも、扁桃腺《へんとうせん》は腫《は》れていますから油断せず、今日は安静にして過ごしてください。ここには、処方箋医薬品がないので、代わりに市販薬をお渡ししておきます」

近藤はデスク脇の大きな段ボールから風邪薬を取り出した。

「あの、治療費はどうしたらええんですか」

「今日は、ボランティアでお邪魔しているので、お気になさらないでください」

最後まで素っ気ない先生だった。

2

「風邪ひいているのに、呑《の》んでいいのかよ」

あんちゃんらしからぬ気遣いに、小野寺は苦笑いした。

「薬がよう効いて、予想外の大復活や。大樹《だいき》は、伊藤《いとう》先生のところで預かってもらってるし、腹減るし、さみしいし」

既にビールも飲んでいる。薬の服用時に飲酒するのはまずいと知っているが、無性に呑みたかった。

「おっ、若い衆は早くもできあがってるな」

声のする方を見ると、縄暖簾《なわのれん》を潜《くぐ》って長身の老人が現れた。眼科医の岡田だった。浜登《はまと》前校長も一緒だった。

「あっ、岡田先生！　お疲れっす」

あんちゃんが空いている席に案内しようとすると、岡田は「若い衆と一緒に呑む」と言って小野寺らのテーブルに来た。

「まいどです！　先生、今日はご機嫌さんですねぇ」

浜登が顔をしかめて首を振ったのに気づいたが、あとの祭りだった。

「ご機嫌だと。私のどこがご機嫌なんだ？」

「まあまあ先生、なごやかにいきましょうよ。そうだ、森伊蔵《もりいぞう》をもらったんですけど、どうっすか」

良いタイミングであんちゃんが会話に加わってくれた。あんちゃんが掲げた酒瓶を見て、岡田の表情が少し緩んだ。

「や、これは幻の逸品じゃないか。ぜひ、戴《いただ》こう」

一人一杯限定という貴重な焼酎で乾杯すると、場はすっかりなごんだ。

「いやあ、こういうところで呑むのはやはり楽しいねえ、浜ちゃん」

浜登前校長を「浜ちゃん」などと呼ぶのは、岡田だけだ。ラクダ顔の浜登は、小野寺に教師としての有り様《よう》を教えてくれた恩師であり、人生の師でもあった。

「それが、長寿の秘訣でしょう、岡田先輩」

浜登が嬉しそうに返すと、岡田は苦笑いした。

岡田も、震災で身内を失っている。往診中に被災した内科医とは、岡田の次男のことだ。埼玉県内の総合病院に勤務していたのだが、地元に内科医が欲しいと乞《こ》われて帰郷した翌年、被災したのだ。

岡田が避難所暮らしをしながら、老体に鞭《むち》打って遠間市で慣れない総合診療を続けているのも、自慢だった息子の遺志を継ぎたいからだ。

――頑固で取っつきにくいところがあるけど、岡田先生はかつて陸奥大医学部で病理学の教授をされていたほど優秀な医師《せんせい》だ。お父上亡きあと、遠間唯一の眼科を存続させるためにキャリアを捨てて戻ってこられたんだ。

岡田の経歴を教えてくれたのは浜登で、二人は古いつきあいだそうだ。浜登が遠間市内の剣道場に通っている時に岡田と出会い、意気投合したのが縁の始まりだという。以来、「浜ちゃん」「岡田先輩」の腐れ縁は二〇年以上続いている。

「実は、今日はちょっと風邪気味だったんで、岡田先生に診て戴きたかったんですが、若い女医さんに診てもらいました」

「若い女医だって？　マジか」

　あんちゃんがはしゃいだ。

「近藤っていう先生や。今度、市役所内に開設される診療所に常駐するらしい」

「それって超ありがたいじゃないの。俺、さっそく明日にでも受診しに行こっ」

　あんちゃんはにやにやしているが、岡田の顔つきは険しくなった。

「せやけどな、あんちゃん。この女医先生は、なんか偉そうやねん。俺の愛想も通用せえへん。ねえ、岡田先生、どう思います？　診療所の開設を市長に嘆願してたのは知ってます。ようやくそれが実現したんは嬉しいんですけど、なんや冷たいというか、素っ気ない。あんなんで務まんのやろかと心配なんですけど」

「仮にも医師国家試験に合格して医者を名乗っている以上、診療に問題はないはずだ」

「まあ、そうですけど、なんか取っつきにくくて」

「それは、近藤先生が患者慣れしてないからだろう。彼女の専門はゲノムだからな」

　思わず小野寺は、あんちゃんと顔を見合わせてしまった。

「ゲノムって、遺伝子関係ですか」

「さすが、小野寺ちゃん賢いな。でもそんな人がまちの診療所に来ても活躍の場はないだろうに。岡田先生、近藤先生のことご存じなんですか」

岡田が口元に運びかけたグラスをテーブルに戻した。

「東北バイオ・スーパーバンクというのを聞いたことはあるかね？」

3

小野寺とあんちゃんが「知らない」と揃《そろ》って首を振ると、浜登が説明してくれた。

「簡単に言うと、被災者全員のDNAを採取してデータベース化し、今後のゲノム研究に役立てる構想なんだよ」

被災者とゲノム研究というのが、簡単に一つに繋《つな》がらない。そういう疑問が顔に出たのか、浜登がさらに続けた。

「去年の秋から、地区単位で大規模な人間ドックが実施されているだろう。実はあれで被災者のDNA採取を行っているらしい」

「なんのために？」

珍しく浜登が渋い顔つきになった。

「創造的復興の一環だそうだ」

学校の廊下に「目指せ、創造的復興！」というポスターが貼ってあったのを思い出した。

「すんません、僕には何のことやら意味不明なんですけど。なんで、被災者のＤＮＡ採取が創造的復興に繋がるんですか」

そこから先の説明は、岡田が代わった。

「被災地を復興するには、各分野の先端と言われる事業を立ち上げるべきだというのが、創造的復興の趣旨だというのは、あんたらも知ってるだろう」

聞いてはいるが、そんなものが果たして簡単に見つかるものかと、聞き流していた。

「被災地を世界の遺伝子研究の先進地にしようというのが、東北バイオ・スーパーバンク構想なんだよ。つまり、それこそが創造的復興のシンボルとなるわけだな。そのためのＤＮＡ採取だ」

東北地方は、血縁者による地域コミュニティを形成している地区が多く、三世代が同居する比率も高い。そういうコミュニティはＤＮＡ研究には理想の環境らしい。そこで、新生児までを含めた地区全員のＤＮＡを採取し、データベースにして、日本人のＤＮＡ特性を分析し、将来の予防医学に役立てるのだという。

「遠くない将来、四六本のヒトの染色体の解析が終わり、それぞれの遺伝子がどういう役割を果たしているのかが解明されるだろう。そうすれば、寿命はもちろん、かかりやすい病気まで、すべてが個別に分かるようになる」

人間一人ひとりの遺伝子データが分析できるというわけだ。

「これらの研究では、地域的な特性が染色体に及ぼす影響というのも重視している。そこで特定地域でまとまった量のサンプルを集めるのが重要なんだ」

この東北バイオ・スーパーバンク構想には、約五〇〇億円の復興予算が充《あ》てられるそうだ。

「それって個人情報の最たるものでしょ。そんなんを人間ドックのついでに採取して問題にならへんのですか」

「実は、既に沿岸住民には同意を取りつけてあるんだよ」

小野寺の問いに、今度は浜登が答えた。岡田は口をへの字に曲げて酒をあおっている。

「マジで⁉　それって、いつのことです？」

それまでずっと黙って聞いていたあんちゃんが口を開いた。

「震災後三ヵ月から半年の間に、住民の健康管理のための追跡調査のお願いという同意書が配られただろう？　覚えてないかね」

「毎日、いろんなもんが配られて、そのいくつかは内容もよく分からないままにサインした気がする。被災地での生活向上のためには署名がいるからと市役所の人に言われると、あまり深く考えずにとりあえず同意しちゃうからな」

「まさしく、そういう類《たぐ》いの文書の中に、このサンプル採取の同意書もあったんだよ。不覚にも私も見落としていた。多分、とても曖昧《あいまい》な表現で述べられていたのではないかと思われる。少なくとも遺伝子研究に協力して欲しいと明記したようなものはなかった気がするからね」

「だいたいDNAなんて、一般人にとって遠い世界のお話でしかないからなぁ。俺なんか、いくら詳しく説明されたって絶対に分かんないっていう自信はあるな」

「それに無料の人間ドックという誘い文句は魅力的だからな」

岡田が渋い顔で吐き捨てた。

「それじゃあ俺たちは騙《だま》されてるってことですか」

「中井《なかい》君、そう言い切ってしまうのは難しいな。一応同意書はある。説明不足は否めないが、手続きは踏んでいるということだよ」

「あのー、話の腰を折ってすんません。けど、そのバイオ・スーパーバンク構想と近藤先生は何か関係あるんですか」

「バイオ構想には、遺伝子研究に協力した地域に対して、見返りに医療支援として、若手研究者を地元の医療施設に四ヵ月間派遣するという条件が織り込まれている。だから、近藤先生が派遣されてきたんだよ」

　循環型医師支援システムと呼ばれている制度らしい。

　これまでも慢性的に医療施設不足だった地域だが、震災後はより一層深刻化している。病院や診療所をなんとか復旧しても、医師の絶対数が足りない。そこで、被災者の最低限の健康維持のために、岡田のように眼科医にもかかわらず風邪などの診療もせざるを得ないという状況になっている。

「なんか嫌やなあ。医者が足らんのをいいことに、被災者をモルモットにするって話でしょ。それって人の弱みにつけ込むっていうやつですやん。なんか滅茶苦茶むかついてきましたわ」

「そうだろ、小野寺君。私もまったく同感だ。陸奥大のやっていることは、『ヘルシンキ宣言』違反なんだ」

　岡田が握りしめた拳《こぶし》でテーブルをどんと叩いた。

　ヘルシンキ宣言とは、ナチスドイツの人体実験の反省を踏まえた「人間を対象とする医学研究の倫理的原則」と呼ばれるものだ。それによると、「不利な立場または脆弱《ぜいじやく》な人々あるいは地域社会を対象とする医学研究」に対しては、慎重さを求めるとある。

　つまりバイオ・スーパーバンク構想は、被災者という弱者に対して、医療従事者派遣という交換条件でＤＮＡ採取を半《なか》ば強制していると岡田は考えているようだ。

「私も医者の端くれだ。先端医療の進歩が多くの人を救う事実は認めるし、ゲノム研究の進化はきっと人類に希望をもたらすだろう。だからといって、目的をうやむやにした状態でサンプル採取というのは感心しないね」

岡田の怒りは真っ当だと、小野寺も思う。

やり方が卑怯《ひきょう》なのだ。

「あの、岡田先生、ＤＮＡを採取されると、体になにか大きな害があるんでしょうか」

あんちゃんが遠慮がちに問うた。

「見ず知らずの連中に、自分のＤＮＡ情報を利用されるんだぞ。それは大きな害だろ」

「まあ気持ちのいいもんじゃないですけどね。それと引き換えに医者が常駐してくれるんだったら、いいんじゃねえのって思う。俺なら、近所に医者がいる安心感の方を取るなあ」

4

あんちゃんの一言で岡田医師が激怒した。一時は店内が騒然としたが、浜登が上手に宥《なだ》め、タクシーで連れ帰った。

小野寺は残った。もう少しあんちゃんと呑みたくなったのだ。

「俺さ、岡田先生があんなに怒るのが、よく分かんなくてさ。別にやばい薬の人体実験するわけじゃないっしょ。だったら、頭ごなしに拒絶するのもどうかなあと思う」

あんちゃんは「地元の御用聞き」というボランティア団体を運営しているのだが、最近増えている依頼が、救急搬送なのだという。

「ちょっと前まではさあ、自衛隊や医師ボランティアさん、赤十字の医者だって出張《でば》ってくれてたから、そこに連れて行けばよかったんだよ。けど、今じゃほぼ全員撤退して、週に一、二度の巡回医を待つしかない。で、結局は俺たちのようなボランティアが、急病患者を近隣市町村の病院まで送るんだよ。これがほんと大変で」

この対応だけは行政でやってくれと何度も市役所に掛け合うものの、「人が足りない」という理由でまともに取り合ってもくれない。

「たかが腹痛、たかが風邪とか言うけどさ、子どもや年寄りだと、放っておいたら死んじまうかもしれないいんだ」

その理屈は理解できる。だが――。

「深刻な医師不足につけ込んで、ＤＮＡ採取をするっちゅうのは筋が違うんちゃうかと思うなあ。しかも、それを創造的復興のシンボルとかきれいな言葉でまとめよるのが気に入らんねん。こんなギブ・アンド・テイクは許したらあかんぞ」

あんちゃんが〝森伊蔵〟をグラスに注《つ》いでから言った。

「小野寺ちゃんは正義の味方マンだからなぁ。社会の常識とか倫理とかが大事っていうのも分かるけどさ、それより何より俺たちが望んでるのは、普通の生活なんだよ。

体調が崩れたら医者に診てもらう。少なくとも日本ではそれって普通のことだろ。俺は医者が近くにいる安心感が欲しい。おなかが痛いと泣く子どもを、すぐに診てくれる医者が、このまちに欲しいんだよな」

部外者には分からんだろうけどなと言われている気がした。小野寺は、喉元まで出かかった反論を酒で流し込んだ。

5

大事を取って週末をゆっくり過ごした小野寺は、すっかり元気になって月曜日を迎えた。

早めに出勤すると、保健室に続く廊下に長蛇の列ができていた。しかも並んでいるのは子どもではなく、大人ばかりだ。

「おはようございます、これは何事ですか⁉」

掲示板の貼り替えをしていた渡良瀬に尋ねた。

「市立診療所開設まで、ここの校医室を仮診療所とすると、新聞で告知されてね。それで、朝早くからみんな詰めかけているようね」

診療待ちの患者は、こんなにいるわけか。それを横目に見ながら、小野寺は渡良瀬を保健室に連れ込んだ。

「東北バイオ・スーパーバンク構想についてお尋ねしたいんですが。先生はこの構想に賛成なんですか」

「朝からいきなり凄《すご》いことを質問するのね。そうねえ、複雑な心境だけど、あの列を見ると、たくさんの人が医者を待ち望んでいるんだって分かるし、致し方ないかなと思う」

つまり、あんちゃんと同意見だ。

〝おつかれちゃん〟で呑んだ時に「岡田先輩のようなプロの医師からすれば、絶対反対でしょうけど、これは一筋縄ではいかない問題ですよ。中井君の意見は、無視できません」と浜登も言っていた。最初のうちは、岡田と一緒に怒っていた小野寺も、帰る頃には、判断がつかなくなっていた。

「小野寺先生、どうしてそんなこと急に言い出すの」

「先日、岡田先生とあんちゃんがこの件でやり合ったんですよ。僕も最初はけしからん話やと思ったんですけど、大した害がないなら、医者が欲しいと言ったあんちゃんの意見には反論でけへんなあと思うようになって」

「まあ、決して大歓迎できる構想ではないと、私も思ってる。でも、私たちは少しでも安心が欲しいのよ。理想と現実は違うのよ」

だとしても酷《ひど》い話だと思う。目先の安心というオブラートでくるまれた中身が、不透明すぎるのだ。

やっぱり断固として抗議するのが正しい気がするが、医者が必要だという切実さもよく分かる。特に、インフルエンザが流行り出した矢先だ。岡田も頑張ってくれてはいるが、高齢の上に、持病がある彼に長時間の診療は難しい。

それだけに、若い医師の常駐はまさに吉報なのだ。

「いずれにしても、この件については慎重にね」

渡良瀬に釘を刺されるまでもなく、小野寺も肝に銘じていた。こういうデリケートな問題は、小野寺のような部外者がとやかく言うべきではない。

「それより、今日は自由画の日でしょ。よろしくね」

渡良瀬に言われて思い出した。子どもたちに自由に絵を描かせて、その深層心理に大きな影を落とすトラウマを抱《かか》えていないかを調査するのだ。

何もそこまでして、子どもたちの心の中を覗き込まなくてもいいのではないかという気持ちもあったが、様々なアプローチで心理チェックしているおかげで、恐怖を我慢していた子どもたちを何人も救い出している。

気が進まなくてもやらねばならない作業だった。


放課後、児童たちの絵を抱えて、小野寺は職員室に戻って来た。デスクに陣取ると、さっそく子どもたちの絵を一枚ずつ丹念に見た。

気になる絵が二枚あった。

一枚は、仲山《なかやま》みなみのものだった。春先に、メル友だった自衛官の自殺を知って以来、すっかり心を閉ざしてしまったみなみの絵は、鉛筆だけで描《か》かれた抽象画ばかりだった。

それが、秋頃から松原海岸の松並木を描くようになってきた。しかも、色彩が加わった。防潮堤建設に反対する運動に積極的に参加したことで、みなみの心境に変化が生まれたのだ。

この段階で、渡良瀬やアドバイザーを務める神戸の精神科医は「これでひと安心」と判断した。

今日の絵からは、より前向きな変化が読み取れた。自衛隊の制服を着た若い隊員が握手しようと手を差し伸べている絵で、メル友だった宮坂《みやさか》隊員とよく似ていた。何より、その表情が良かった。

彼の背後には青い空と海が広がっている。

「いい絵やなあ」

思わずほろりとしそうになった。

これはみなみからのメッセージのような気がした。

いつまでもくよくよせず、あの自衛官のためにも前向きに生きようと決めた、という――。

まっ、それは俺の手前勝手な解釈かもしれんけどな、そう思い直しながらもう一枚の気になる絵を見た。

南部優子《なんぶゆうこ》の絵だった。

南部は過去に何度も絵画展で受賞している実力派だ。女子とは思えぬ力強い線で、生命力に溢《あふ》れた絵を描く。小野寺は、彼女の絵が大好きだった。

なのに、今回は暗い色彩と細い線で、砂に埋もれたランドセルや瓦礫《がれき》、船の舳先《へさき》などを描いていた。小野寺が遠間第一小学校に応援教師として赴任した二〇一一年五月当時、至るところで目にした光景ではある。だが、既に瓦礫の多くは撤去されているし、こんな状態の浜もない。

この絵は、何を意味するんやろか。

「あっ、それ美術館の展示物を描いてるんですね。上手《じょうず》だなあ」

背後から三木《みき》まどかが声をかけてきた。六年三組を担当している彼女も、画用紙の束を抱えている。

「何です？　美術館の展示って？」

「市立美術館でやっている『あの時の記憶』っていう企画展です。学芸員の先生が、津波に襲われた場所で拾い集めた物を、砂の上に並べた作品があるんです」

まだ震災から二年足らずにしては、大胆な企画だった。

「三木先生は、見はったんですか」

「ええ、初日に行きました」

三木も、震災で辛《つら》い思いをしていた。普段は明るく振る舞っているのだが、まだまだ心の傷は癒《い》えないようだ。

「会場は、こんな感じなんですか」

「まさに、この通りです。このランドセルが印象的だったなあ。その向こうにある船もやっぱり砂に埋もれていて、舳先だけ地表に出ているんです。よく、こんなに克明に描けますねえ。誰が描いたんです？」

南部だと告げると、三木は納得したようだ。

「優子ちゃんの絵は本当に力がありますね」

「でも、俺はちょっと心配なんですよ。今まで明るく元気な絵が多かったのに、鉛筆画で、こんな暗い絵を描いたんで」

「確かに、いつもの雰囲気と違うけれど……。あの企画展を絵にするなら、こういう描き方がベストだと思いますよ」

つまり、優子は単に描きたい対象の世界観を考えて、こういうタッチを選択したということか。

「まだ、やってますかね？」

「先週から始まったばかりだし、まだやってると思いますよ」

「いや、そういう意味じゃなくて。開館時間です」

もう午後四時を過ぎている。

「五時までだったような」

　ならば、今から見に行ってこよう。自転車なら一〇分もかからないはずだ。

「ちょっと行ってきます」

「今からですか？」

「気になったら、居ても立ってもいられへんのです。自転車飛ばせば間に合うでしょう」

「自転車って……、雨降ってますよ。私、今日は伊藤先生の車を借りているんで、乗っていきませんか」

　それは助かる。

「頼みます！」

6

　廃校になった中学校の木造校舎を改造した遠間市立美術館は、丘の上に建っている。

　昨秋まではここも避難所として利用されていたのだが、仮設住宅の完成でその役割を終え、年明けから美術館としてリスタートを切った。

　遠間市に来て一年半以上経《た》つが、小野寺は一度も足を運んだことがない。

「恥ずかしながら、遠間に美術館があるなんて知りませんでした」

「市立の割に地味なんですよね。遠間出身の画家がいて、その遺族が大量の絵を市に寄贈したのを機に美術館を作ったそうですよ」

ハンドルを握る三木が説明してくれた。その後も、地元の名士の遺族がコレクションを寄贈するようになり、明治期の日本人洋画家の作品が多く集まっているらしい。

大した話をする間もなく、すぐに到着した。

体育館を改装した二号館が企画展会場で、入口脇の壁には二枚の大きな写真が掲げられている。左手は震災前の遠間市の遠景で、右手は震災直後の遠間市のものだ。まちを知る者でも、二枚の写真が同じ場所を同じアングルで撮影したものだと気づくのは難しかった。

すべての展示品が写真同様、震災前と震災後を左右に分けて陳列してある。震災前の展示物には、窓から差し込む夕陽が射している。

圧倒的な沈黙が、その場を支配していた。

南部優子が絵にした大きなジオラマがあった。

ジオラマには緩い傾斜がつけられ、砂が敷きつめられている。そこに半《なか》ば埋もれるように様々な物がぽつぽつと展示されている。説明文によると、それらは学芸員が実際に沿岸部で拾ってきた漂流物なのだそうだ。「砂の海」とタイトルが打たれている。傷だらけのモノたちが、津波に襲われたまちの有り様をただ静かに物語っている。

「あっ、優子ちゃん」

三木に指摘されるまで、館内に人がいることにも気づかなかった。

「砂の海」の前に置かれたベンチにいた。

「おお、優子やんか、何してんねん?」

小野寺は戸惑っている優子に近づいた。

「先生……、私、先週から毎日来てるんです」

「先生はこんな凄い場所があるのを知らんかったんや。でも優子の絵に教えてもらってな、それで一度見ておこうと思って、さっそく三木先生に連れて来てもろてん」

その時、優子がスケッチブックを抱えているのに気づいた。

「それ、先生に見せてくれるか」

優子は素直に差し出した。砂の海を様々なアングルで描いている。赤いランドセルの絵が何枚もあった。

「あのランドセルが気になるんか」

砂に埋もれた赤いランドセルを指した。

優子が黙り込んだ。

優子は明るい性格で、運動神経も良いし、成績も優秀だ。それに背が高いこともあって、ひときわ目立つ女の子だった。

父親は市役所職員で、母はパートで水産工場に勤めていたが、被災後は仮設住宅に住む高齢者のヘルパーをしている。

南部家の家族構成を思い出しているうちに重大なことに気づいた。優子は三つ下の妹を震災で亡くしていた。当時小学一年生だった妹は、発災時には自宅に祖母といて、二人とも津波に飲まれて命を落としている。

妹の遺体はまだ見つかっていないはずだ。

あの赤いランドセルを見ると、未だ行方不明の妹を思い出すのかもしれない。ならば、軽はずみなことは言えない。

ベンチに座って俯《うつむ》いている優子の隣に腰掛けた。

「あのランドセル、妹のとそっくりなんです」

「そうか……」

ランドセルの脇に説明文が添えてある。

それによると、持ち主は学芸員の娘で存命らしい。震災当時は小学校六年生だったとある。ランドセルは津波にさらわれてしまったものの、奇跡的に発見されたので、展示したと書いてあった。

　つまり、優子の妹のランドセルではない。なのに、妹が背負っていたものと同じに見える優子の気持ちを思うとたまらなかった。

「あれを見ているうちに、私、妹のことを時々忘れていたのに気づいたんです」

「でも、優子ちゃんは二人で撮ったプリクラをペンダントに入れて、いつも身につけているじゃない」

　三木が声をかけたが、優子は聞こえていないかのように反応しなかった。

「友達と遊んだりして楽しい時、私は妹のことを忘れています」

「ずっと考えているわけにはいかへんぞ、優子」

　優子の肩が震え、涙が床に落ちた。

「妹はまだ見つかってないのに——、最近の私は妹のことを忘れて、文句ばかり言ってるんです。もう我慢はたくさん。好きな絵をもっとたくさん描きたいし、友達とも遊びたい——そんなことばっかり言ってます。わがままsettle自分がどんどん嫌いになる」

　閉館間際の人気《ひとけ》のない会場に、優子の声が響く。

「いや、それはちゃうぞ、優子。それはわがままと違う。歌も歌ってええし、楽しい時はいっぱい笑《わろ》たらええねんで。将来、絵を描く仕事したかったら、そういう夢を叶《かな》えるためにいろいろチャレンジしたらええ」

「できません。妹が見つかるまでは」

大切な肉親を失った者は、必ず生き残った己を責める。だが、それは間違いなのだ。そんなことを、死んだ者は望んでいない。

小野寺は優子の前に回り込んでしゃがみ、俯く彼女の顔を見上げた。

「なあ優子、津波に襲われて死んだ人がいて、生き残った自分がいる。それは辛いことや。けどな、だからといって、優子がずっと我慢して暮らすのはあかんねん。そんなこと、妹もおばあちゃんも望んでへんぞ」

「先生に妹の気持ちは分かりません」

「いや、分かる。先生は阪神大震災で娘と奥さんを亡くしたんやけどな、先生はアホやから、長い間、いろいろ我慢していた。おまえと同じように、ちょっとでも楽しいことがあったら、二人が死んだ場所行って、ごめんなって泣いて詫《わ》びた」

そこでようやく、優子と視線が合った。

「けどな、それは先生の自分勝手な解釈やってん。そのことを先生の恩師が教えてくれたんや。もし震災で死んだのが先生自身で、生き残ったんが奥さんと娘の方だとしたら、二人にはずっと泣いて暮らして欲しいと思うんかって恩師に言われてな。その時にようやく理解できたんや」

　優子がじっと小野寺を、見つめている。

「そんなこと絶対思わへん。人間てな、大好きな人には幸せになって欲しいと思うもんやねん。そやから優子は楽しいことも、やりたいことも力いっぱい挑戦すればええねん。妹さんはきっと一緒に喜んでくれる」

　優子がせきを切ったように、声を上げて泣いた。

　あかん、俺はめっちゃきれい事言うてる。けど、この子には、楽しく明るい人生を送って欲しい。こんな場所に来て、自分を責めるなんて、あってはならんことや。

　――社会の常識とか倫理とかが大事っていうのも分かるけどさ、それより何より俺たちが望んでるのは、普通の生活なんだよ。

　俺は医者が近くにいる安心感が欲しい。おなかが痛いと泣く子どもを、すぐに診てくれる医者が、このまちに欲しいんだよな――。

　あんちゃんの願いと、優子の葛藤は同じものだ。

　誰もが普通を取り戻したいと必死にもがいている。だが、復興どころか復旧すらままならない風景を毎日見る生活は、普通とはほど遠い。そのジレンマで、ある人は諦《あきら》め、ある人は怒り、ある人は苦しみ、ある人は泣く……。

しばらくの間、優子の泣きじゃくる声が会場に響いていたが、やがて気持ちが落ち着いたのか静かになった。

「ほな、帰ろか」

小野寺が声をかけると、優子は小さく頷《うなず》いた。

7

車で優子を送り届け、学校に戻った時にはすっかり暗くなっていた。職員室には明かりが点《とも》っているが、校内に人気はない。

サイドブレーキを引いた時、三木が大きなため息をついた。

「白状すると、私も優子ちゃんと同じです」

「同じって?」

「楽しすぎてハメを外した時は、南小学校に足が向くんです」

二年前の発災時、三木は遠間南小学校に勤務していた。同校は被害が大きく、校舎の二階まで津波が押し寄せた。大半の教職員と児童は裏山に避難して無事だった。だが、三木のクラスの児童一人と、最後まで避難誘導をしていた校長が命を落とした。

　その後、三木の過失で児童が命を落としたという噂《うわさ》が流れ、マスコミに追われる事態となった。実際は、彼女が取った行動によって多くの命が救われたのだが、若い三木は今なお癒やせぬ心の傷を抱えている。

「そんな話、初めて聞いたなあ」

「すみません、ご心配をかけてしまうんで黙ってました」

　いつでも相談に乗ると言われて、洗いざらいを話す者はいない。抱えすぎてはいけないと分かっていても、多くの者は悲しみを抱えるのだ。

「それで、南小に行くと気持ちは晴れるんか」

「いえ、死にたくなります」

　思わず運転席の三木の横顔を見てしまった。視線を感じたらしい。彼女がこちらを向いた。

「でも、しっかり生きようとも思うんです。非力な私には救えなかったけど、ただ一つ、亡くなった沙也加《さやか》ちゃんには笑われないようにしっかり生きようって思ってるんです」

「三木先生は偉いな。俺は、そんな心境にはなかなか至らんかった」

「小野寺先生や伊藤先生、そしてたくさんの子どもたちのおかげなんです。何があっても時間は過ぎてゆくし、日常は続いてゆく。教訓を学ぼうが学ぶまいが、人は明日に向かって生きてるんだって、最近は素直に思えるようになったんです」

せやな。俺もそういう風に少しずつ、日常を取り戻してきた気がする。

「優子ちゃんは好きなだけ、美術館に通えばいいと思うんです。自然と足が向くなら行けばいい。そして気が済むまでランドセルと対話すればいいんです。いつか、あそこが元気になれる場所になるかもしれない」

人はなんでこんなに面倒なんやろうか。

ごちゃごちゃ言わんと気の向くままに生きればええのに。なんやかんやと理屈や事情がつきまとう。

けど、それでも生きている。

車を降りると、しばれるような寒さが襲ってきた。

見上げた空には、無数の星が瞬《またた》いていた。

戻る場所はありや

二〇一三年三月一〇日——。あと一時間もすれば、あの日から二度目の三月一一日が来る。

早めに就寝しようとしたが寝付けそうもなくて、小野寺《おのでら》は独り自宅を出た。暦《こよみ》の上では春でも、外気温は未《いま》だ低く、夜更けの遠間《とおま》に雪が舞っている。

二年前も雪が降ったんやったな。

津波が襲ったまちに降る雪の映像を、小野寺はテレビで何度も見た。まさかその場所に来るとは、あの時は想像もしていなかった。しかも、二年も滞在するなんて。

白い息を吐きながら歩くと、骨が凍《し》みるような冷気が這《は》い上がってくる。

緩い坂を下って三叉路《さんさろ》に出る。そこをまっすぐ行くと、かつては美しい松林が続いた松《まつ》原《ばら》海岸だ。

松林の復活を目指す市民運動の高まりを受けて、防潮堤建設について、地元民と県とであらためて検討する協議が行われている。

そして三叉路の左は、遠間第一小学校だ。

小野寺は躊躇《ちゆうちよ》なく左に進んだ。

校門は開いていた。津波に奪われて門扉《もんぴ》がなくなって以来、二四時間開放されている。

新雪を踏みしめ、海が見下ろせるベンチに向かった。

ベンチにも雪が積もっている。それを払いのけて座ると、着込んだ防寒着越しに痛いような冷たさを感じた。

おかげで一気に酒が抜けた。

二時間ほど前まで、庄司大樹《しょうじだいき》と彼の叔母《おば》と三人で食事をしていた。その席で飲んだワインがやけに効いた。

一年間という約束だった大樹との共同生活もまもなく終わる。遠間第一小を卒業する大樹は、春からは叔母夫婦が住む大阪市内の中学校に通う。それについての話し合いを兼ねたなごやかな食事を終えると、小野寺は叔母が泊まるホテルに大樹を残して帰ってきた。

覚悟はしていたが、帰り道でたまらなくなった。

校庭のフェンスの先に、寝静まった家並みが見える。津波被害の爪痕《つめあと》が残る遠間のまちの向こうには、穏やかな太平洋が広がっている。いつの頃からか、小野寺は考え事をしたくなると、ここに来て景色を眺めるようになった。

復旧した国道に灯《とも》る街灯のオレンジ色が点々と浮かんでいるが、それ以外は漆黒の闇だ。破壊された建物も、未だ撤去できずにいる大型漁船も、瓦礫《がれき》集積場も、夜の中に沈んで何も見えない。

生きている海の息づかいのようなものが暗闇の向こうから聞こえてくる。自分のような愚かな男を包み込んでくれる優しい音が、体に染み込んでくる。

なんだかんだ言いながら、このまちから生きる力をもらい続けている。

けど、そろそろ他所者《よそもの》は立ち去る時や。

本音を言えばもっとここにいたい。小野寺徹平《てっぺい》という男をこんなに受け入れてくれる場所が他にあるとは思えないからだ。

「小野寺ちゃんには他に帰るところがあるだろ。でも、俺たちはここで生きていかなきゃならないんだ。だから、他所者に頼らなくても生きられる準備を少しずつ始めないと」というようなことを、あんちゃんはよく口にする。

確かに俺はここでは他所者だ。とはいえ、もう他に「帰るところ」はない、気もするのだ。

妻と娘を失った神戸には拒絶されていると感じるからだ。

それは一九九五年に起きた震災に、ずっと背を向けてきたことへのわだかまりかもしれない。

あの当時、毎日をどう生きたのか、何を考えたのかなんて覚えていないし、できれば全部なかったことにしたい。

ところが、歯を食いしばって希望を探す遠間の子どもたちや市民の姿を見ているうちに、自分はまだ、神戸でやることがあるのではないかと思うようになった。そして、この先も遠間で生きたいと本気で思うのなら、それは何がなんでもやらなあかん課題ではないかと気づいたのだ。

一九九五年一月一七日に発生した阪神・淡路大震災とは何だったのかを伝えるということ——。被災した市民は何に苦しみ、何を励《はげ》みに生きてきたのか。そして、神戸は本当に復興したのか。あの日に立ち会った自分は、その記憶を未来に伝えなければならないのではないか。

これまでは薄ぼんやりとしか感じていなかった思いが、最近強くなっていた。遠間市の人々に対して何かにつけ意見できたのは、所詮《しょせん》は他所者という無責任な立場だったからだ。神戸では一度もやらなかったことでさえ、偉そうに「震災経験者」として物申してきた。

おまえ、卑怯《ひきょう》やで。

震災から一八年——。そんなに時間が経《た》っているのに、神戸に伝えるべきてんでんこを俺は持っていない。

「それをやり遂げたら、そん時は浜登前校長《はまとせんせい》やあんちゃんに頭を下げて、『地元の御用聞き』の末席に加えてもらおうかな」

敢《あ》えて声に出して言ってみた。

このまちを棄《す》てるんやない。このまちで堂々と生きたいからこそ、逃げ続けてきたことに決着をつけるんや。そうでないと、生まれ故郷との関係さえ「他所者」のままで終わる。

「遠間よ、それまで待っててくれるか」

真っ暗な海に尋ねた。

それに答えるように携帯電話が鳴った。

どうせ、あんちゃんからの呑《の》みの誘いだろうとディスプレイを見た。やけに長い数字が並んでいる。

「まいど先生、お元気ですか？」

もしかして。

「さつき、か？」

「あっ、嬉しいな。ちゃんと覚えていてくれたなんて」

阪神・淡路大震災で被災した時に担任していた五年生のクラスの教え子だった相原《あいはら》さつきだ。一昨年の夏に思いがけないことで彼女と再会した。震災ボランティア組織の代表を務めていたさつきが遠間に来たのだ。

「今、どこや?」

「ナイロビです」

「遠いなあ」

遠間で別れてから彼女はアフリカに向かった。まだ、アフリカにいるんやな。

「でも、先生の声は近くに聞こえますよ」

凄《すご》い時代になったもんや。

「アフリカは今、何時やねん」

「午後五時ちょっと前です」

アフリカのでっかい夕陽を見ながらビールでも飲んでるうちに、里心でもついたのだろうか。

「こっちはもうすぐ三月一一日になるで」

「そうですね。お元気ですか」

「それだけが俺の取り柄やからな。おまえの方こそ元気か。暑いんやろ、そっちは?」

「意外に涼しいんですよ。今は二五度ぐらいじゃないかな」

いつまでいるんだと聞く前に「先生は、まだ遠間市ですか」と尋ねられた。

「そうや。今、学校の校庭から海を見てんねん。今夜は雪や。寒いぞー」

「雪かあ、懐かしいな」

「それにしても、どないした。おまえから電話くれるやなんて」

ナイロビから二度ほど手紙をもらっていた。世界最大規模のスラムであるキベラ地区で、貧困児童の支援活動を続ける日々が生き生きと綴《つづ》られていた。二通目には写真も同封されていた。

「震災から丸二年になる日です。どうしていらっしゃるかと思って」

「さすがの俺も、ちょっとしんみりしている」

「復興は、少しは進みましたか」

「どうやろな。瓦礫やゴミは随分片付いたけどな、みんなが元気になるには、まだまだかかると思う」

さつきが沈黙した。電話の向こうからまちの喧騒《けんそう》が聞こえてくる。

「先生、ナイロビにいらっしゃいませんか」

「なんやいきなり」

「いきなりじゃないですよ。去年もお誘いしました。でも、あの時はなかなか返事をくださらなかった」

そうやった。行く気満々だったのだが、大樹のこともあって、結局は遠間を離れられなかった。さつきにそれを伝えたのは、五月半《なか》ばになってからだ。

「すまんかったな。けどな、春からは神戸でちょっと頑張ってみようかと思ってんねん」

今ここで固めたばかりの決意を正直に告げた。

「さすがですね。素晴らしいご決断だと思います」

「ほんまにそう思うか。今まで何の活動もせんかった奴が突然、震災の記憶を伝える運動をしたいやなんて、むしが良すぎると思わんか」

「言いたい人には言わせておけばいいんです。私も応援しますよ」

「それは心強い。頼りにしてるで」

「実は私も似たようなことを考えていたんです」

神戸に棄てられたと思っているらしいさつきにしては、意外な言葉だった。

「先生、今日が何の日かご存じですか」

なんやいきなり。

「東日本大震災の前の日やろ」

「その他には？」

「他？　それ以外になんかあったっけ」

「三月一〇日――東京大空襲の日です」

あっ……。

「先生も知らないでしょ。意外とみんなそうなんです。先週、アメリカ人の友人に『東京都民は、この日をどんな風に過ごしているのか』と尋ねられて、初めて気づきました。彼女は太平洋戦争を研究しているから気になる日なんでしょうけれど、私には何のことか分からなかった。もしかしたら、一月一七日も同じようになるかもしれないと思ったら、たまらなくなって」

三月一一日もそうならないという保証はないような気がする。

「辛《つら》いことをいつまでも覚えているのは良くないかもしれません。でも、あの時の教訓や未来の人に伝えるべきことまで、忘却していいのかって思ったんです」

「だとすれば、俺たちの責任は重大やな」

「重大ですよ、先生。それを話したくて」

それで電話をくれたんやな、おまえは。

「さつき、おまえ、手伝ってくれへんか。俺一人では、到底やれそうにない。さつきがいてくれたら、鬼に金棒や」

また、沈黙が返ってきた。

雪が激しくなってきて、海の闇が遠のいた。

「先生、それ、本気ですか」

「俺はそんなに信用ないか」

「はい」

言葉が、心臓を貫通した。

「当然やな……。ほんまごめんな。ほな、この遠間の海に誓《ちか》うわ。俺は石にかじりついてでも、神戸の記憶を後世に伝える」

ほんまにできるんかとからかうように、雪が乱舞している。

「分かりました。じゃあ、考えてみます」

小野寺の胸が熱くなった。

「先生、明日は慰霊祭に参列されるんでしょ。私の分も祈ってください」

心得たと約束して小野寺は電話を切ると、勢いよく立ち上がった。

ありがとう、さつき。

俺も胸を張って自分のまちのためにやってみる。

まあ、見ててくれ。

本作品は、二〇一一年三月一一日に発生した東日本大震災で起きた事実を踏まえてはいますが、作品の登場人物や団体、そして出来事は、全てフィクションです。

阪神・淡路大震災と東日本大震災で亡くなられた方のご冥福をお祈り致します。

また、被災された全ての方に心からお見舞い申し上げます。

謝辞

今回も多くの方々からご助力を戴きました。深く感謝いたしております。お世話になった皆様とのご縁をご紹介したかったのですが、敢えてお名前だけを列挙致しました。

また、諸事情により名前を記せませんが、他にも多くの方から厚いご支援を戴きました。ありがとうございました。

加藤寛、厨勝義

金澤裕美、柳田京子、花田みちの

【順不同・敬称略】

二〇一六年一月

【参考文献】

『心のケア――阪神・淡路大震災から東北へ』　加藤寛、最相葉月著　講談社
『ドキュメント　自衛隊と東日本大震災』　瀧野隆浩著　ポプラ社
『東北ショック・ドクトリン』　古川美穂著　岩波書店
『まげねっちゃ　つなみの被災地宮城県女川町の子どもたちが見つめたふるさとの1年』　まげねっちゃプロジェクト編　青志社

解説　災間《さいかん》の時代を生きること、そして書くこと

松本創《まつもとはじむ》（ノンフィクションライター）

「災間《さいかん》」という言葉を、この数年よく目にするようになった。

戦後初の都市直下型地震となった1995年1月17日の阪神《はんしん》・淡路《あわじ》大震災から、日本は災害多発時代に入ったといわれる。２０１１年3月11日には東北から北関東の沿岸部が東日本大震災による大津波に襲われ、福島第一原発事故は立地地域とその周辺に修復不能な傷を負わせた。次に予測される巨大災害は、南海《なんかい》トラフ地震。30年以内に70～80％の確率で発生すると警告されている。

これらの間には、数十人以上の死者が出た大規模な地震や豪雨が何度かあり、火山の噴火もあった。地球温暖化の影響で台風は年を追って激甚《げきじん》化し、海外では猛暑を一因とする森林火災が相次ぐ。さらに２０２０年の現在、世界中で感染拡大が止まらず、日本でも医療崩壊が起こり始めている新型コロナウイルス禍を「新しい災害」と見なす人もいる。

私たちは確かに、災害と災害の間、すなわち災間の時代を生きている。

そして、一つ一つの災害は、被害を受けた地域はもちろん、取り巻く社会の構造や時代が抱える問題を浮かび上がらせる。被災の経験は、人びとの生活や働き方や価値観に影響を与え、国家の政策や科学技術の方向性を決め、やがて人間の生き方まで変えてゆく。

であれば、災害を書くということは、発生の瞬間や直後の惨状を伝えるだけでは到底足りない。カタストロフィは端緒《たんしょ》に過ぎない。「災後《さいご》」に現れるさまざまな問題を追い、辛《しん》苦《く》と困難に直面する人びとの姿を見つめ、一定の時間軸の中で生じた変化をすくい取る。そうして初めて災害を本質的に書くことができ、また次の災害へと何かを伝え得る「災間の書」となるのではないか。

真山仁《まやまじん》氏の『そして、星の輝く夜がくる』と、その続編である本作『海は見えるか』は、阪神・淡路と東日本、16年の時を隔《へだ》てたふたつの大震災を往来する、まさに「災間の小説」である。

神戸で激震を経験した真山氏にとって、震災は長年温《あたた》め続けたテーマだったという。ただし、この2作は、真山作品としては異色の手触りを持つ。企業や政府を舞台に、経済や政治や国家のあり方を、また企業買収や原発をめぐる攻防を描き、社会的発言も多い「社会派小説家」としては。ここではぐっと目線を低くして、子供たちを中心とする「小さな物語」が描かれる。

東北の被災地、遠間《とおま》市の遠間第一小学校へ、神戸《こうべ》から応援教師として赴任した小野寺徹平《おのでらてっぺい》。阪神・淡路の震災で妻と子を失った過去を持つ彼の目を通して、遠間の子供たち、教師や周囲の大人たち、地域に起こるできごとを描く連作短編集には、災害がもたらす諸問題と人びとの変化を、時間の経過の中で丹念に見つめようとする真山氏の視線が貫《つらぬ》かれている。これはさらに、『小説ＮＯＮ』で連載され、21年春に刊行予定の連作短編第３集へと続いてゆく。

私自身は、兵庫県の地方紙の駆け出し記者当時に阪神・淡路の震災を取材し、その経験から、東日本の津波被災地へフリーのライターとして通うことになった。先輩の西岡研介《にしおかけんすけ》氏とともに最初に現場を訪れたのは、震災１カ月後の11年４月。二度三度と通ううち、私は主に仙台から北へ、西岡氏は南へという分担が自然とできていった。最も足繁く通ったのは、発生から３年間。真山氏の２冊の小説集が描く時期と重なっている。

だからここには、私が被災地で目にした光景や取材で聞いた話がいくつも出てくる。不自由な避難所や学校生活をがまんし、頑張りすぎる子供たち。原発に勤める父親を持つ震災転校生。陸に打ち上げられた漁船を震災遺構として残すかどうかの議論。二つの小学校が統合して初めての、どこかぎこちない始業式。津波で消失した美しい松原を取り戻したいと願う市民の運動。海の近くで暮らしてきたのに、巨大防潮堤の建設で海が見えなくなる不安……。

宮城県の名取《なとり》、仙台、石巻《いしのまき》、気仙沼《けせんぬま》、岩手県の陸前高田《りくぜんたかた》、大船渡《おおふなと》、釜石《かまいし》、宮古《みやこ》市田老《たろう》町など、どこで誰に話を聞いたか、はっきり思い出せる。だが、真山氏は「実在の人物や団体の話ではなく、ある特定の地域の話でもない」と、西岡氏のインタビューに語っている。物語の場所が特定できたり、過去の報道が想起されたりする場合は、すべてボツにする覚悟で執筆に臨んだという。

私のようにノンフィクションを書く者とは決定的に異なる、小説家の矜持《きょうじ》とも、信念とも、あるいは意地とも呼ぶべき気迫に圧倒される。

取材した事実を、そのまま再現するのではない。想像力を働かせ、人物と情景を造形してゆくフィクションだからこそ、踏み込んで書けることがある。痛みや弱さを抱えた人間の心理に分け入り、時に被災地へ厳しい視線を向けることもできる。人間個々の「リアル」ではなく「リアリティ」を追求した先に、「どこでもないが、どこにもある被災地」という普遍性に到達する。そうして、小説は本当に人の心に届くのだ、と。

本作『海は見えるか』が描くのは、震災2年目の遠間第一小学校だ。町はまだまだ復興しないのに、人びとは不自由で窮屈《きゅうくつ》な暮らしになんとなく慣れ始めている。震災直後の非日常で生じた、ある種の高揚感は消え去り、「フツー」でありたいと願う気持ちが、子供たちのどこか無気力で冷《さ》めた態度となって現れる。一方、震災で味わった恐怖や悲しみ、家族や愛する者を亡くした喪失感や申し訳なさは、そうたやすく消えはしない。ふとした瞬間に生々しい記憶がよみがえり、生き残った者を責めさいなむ。「震災二年目症候群」とも呼ばれる、心的外傷後ストレス障害（ＰＴＳＤ）である。

確かに、被災地にはそんな時期がある。災前に戻ろうとする気持ちと、災後に向かおうとする気持ちの相克《そうこく》。作中の表現で言えば、「議論はあってもビジョンはなく、新しい生活は見えてこない」微妙な時期。阪神と東日本、両方の現場で長く被災者支援をした人は、「役所の職員が防災服からスーツに着替える頃」が一つの境目だと、私の取材に語っていた。

そんな難しい時期に6年生になった遠間の子供たちに、神戸から来た「まいど先生」こと小野寺は向き合う。やさしさと痛み、それに葛藤《かっとう》を抱えつつも、直情径行《ちょくじょうけいこう》なところのある熱血漢。関西人らしい遠慮のなさも手伝って、「正義の味方マン」と仲間に揶揄《やゆ》されたりもするキャリア20年余りの教師（考えてみれば、私と同世代だ）。彼と子供たちとの関わりを軸に物語は展開する。

「便りがないのは…」の仲山《なかやま》みなみは、被災地支援に来た自衛官を慕《した》うが、メールが途絶えて案じている。彼は、津波で亡くなった兄の遺体を洗い、遺品を届けてくれた。偶然にも兄と同じ名前を持つ自衛官に何があったのか。

「白球を追って」の栗田《くりた》兄弟は、少年野球チームの四番とエース。その活躍を復興のシンボルに、と地域の期待を集めている。だが、彼らは次の大会には出ず、関西へ引っ越すという。背景には、ある事情と複雑な思いがあった。

「海は見えるか」は、巨大防潮堤の建設をめぐる話だ。その浜にかつてあった美しい松原の復活を訴える市民運動を子供たちが手伝う。これを知った市長や校長は、防潮堤反対の政治運動に関わったと激怒するのだが……。

真山氏がこの作品で提示する問いに、唯一無二の「正解」はない。同じ被災地の住民といえども、個々の思いや価値観があり、仕事があり、人生の選択があるからだ。阪神・淡路以降、「住民主導の復興」が唱えられるようになった。その理念自体はよいとしても、住民は必ずしも一枚岩ではない。だからこそ、意見を出し合い、議論し、すり合わせる合意形成のプロセスが重要になる。けれども、話し合いには時間がかかる。「復興が遅い」

「取り残される」という不満や不安が膨《ふく》らむ。「行政の計画通りにしておけばよい」という声も出てくる。

被災地の復興過程には、こうした答えのない問いが次々と生まれてくる。命と未来に関わる重大な選択だからこそ、人びとは悩み、葛藤し、対立もする。

ここで問われているのは、「公」と「私」の問題だと言えるかもしれない。災害救助という任務と若い隊員の心理状態。地域の期待と兄弟の夢。行政の復興計画と住民個々の思い。それらがどう折り合いを付けていくのか——。

最たる難問が、「砂の海」で提示される。医師の足りない診療所に若手医師を派遣する代わりに、最先端の遺伝子研究に住民が利用されるかもしれない……。「創造的復興」を掲《かか》げる国家的事業と、地域医療というローカルな課題、そして「究極の個人情報」と言われる遺伝子情報。何を優先し、何を守るべきなのか。考えあぐねる小野寺に、信頼する地元のあんちゃんが言う。

「社会の常識とか倫理とかが大事っていうのも分かるけどさ、それより何より俺たちが望んでるのは、普通の生活なんだよ」

理解できる。しかし、この生活者の感覚が、未来にとって正しいかどうかは、わからない。被災地の誰もが「普通」を取り戻そうともがくが、何を「普通」とするかも、人によって異なる。であれば、同じ場所で同じ経験を共有する者たちが、ともに模索するしかない。明日に向かってともに生きる中で、折り合ってゆくしかない。

震災を見つめ続ける真山氏の問いは、災間を生きる私たちに深く突き刺さり、容易に抜けそうもない。だが、この小説は、子供たちを中心に据《す》えたからだろう、未来にかすかな光明が射す。生きることへの希望が見える。それこそが真山氏の描きたかったことなのかもしれない。

本書は、二〇一八年に幻冬舎文庫より刊行された作品に、
著者が加筆修正したものです。

海は見えるか

一〇〇字書評

切・り・取・り・線

購買動機（新聞、雑誌名を記入するか、あるいは○をつけてください）	
□（　　　　　　　　　　　　　　　　）	の広告を見て
□（　　　　　　　　　　　　　　　　）	の書評を見て
□ 知人のすすめで	□ タイトルに惹かれて
□ カバーが良かったから	□ 内容が面白そうだから
□ 好きな作家だから	□ 好きな分野の本だから

・最近、最も感銘を受けた作品名をお書き下さい

・あなたのお好きな作家名をお書き下さい

・その他、ご要望がありましたらお書き下さい

住所	〒				
氏名		職業		年齢	
Eメール	※携帯には配信できません	新刊情報等のメール配信を 希望する・しない			

この本の感想を、編集部までお寄せいただけたらありがたく存じます。今後の企画の参考にさせていただきます。Eメールでも結構です。

いただいた「一〇〇字書評」は、新聞・雑誌等に紹介させていただくことがあります。その場合はお礼として特製図書カードを差し上げます。

前ページの原稿用紙に書評をお書きの上、切り取り、左記までお送り下さい。宛先の住所は不要です。

なお、ご記入いただいたお名前、ご住所等は、書評紹介の事前了解、謝礼のお届けのためだけに利用し、そのほかの目的のために利用することはありません。

〒一〇一‐八七〇一
祥伝社文庫編集長　坂口芳和
電話　〇三（三二六五）二〇八〇

祥伝社ホームページの「ブックレビュー」からも、書き込めます。
www.shodensha.co.jp/bookreview

祥伝社文庫

海《うみ》は見《み》えるか

令和 3 年 1 月 20 日　初版第 1 刷発行

著　者　真山《まやま》　仁《じん》
発行者　辻　浩明
発行所　祥伝社《しょうでんしゃ》
東京都千代田区神田神保町 3-3
〒 101-8701
電話　03（3265）2081（販売部）
電話　03（3265）2080（編集部）
電話　03（3265）3622（業務部）
www.shodensha.co.jp

印刷所　堀内印刷
製本所　ナショナル製本
カバーフォーマットデザイン　芥　陽子

Printed in Japan ©2021, Jin Mayama　ISBN978-4-396-34699-7 C0193

祥伝社文庫の好評既刊

阿木慎太郎
闇の警視 撃滅《げきめつ》(上)

出所早々の若頭にヒットマンの襲撃。新たな火種が燻《くすぶ》る中、暴力組織壊滅を狙う闇の組織が行動を開始した！

阿木慎太郎
闇の警視 撃滅(下)

暴力組織壊滅極秘チームの思い、ヤクザたちの姦計《かんけい》、復讐心、その全てを呑み込んで、ミッションが動き出す！

数多久遠
黎明の笛 陸自特殊部隊「竹島」奪還

情報を武器とするハイスピードな頭脳戦！ 元幹部自衛官の著者が放つ、衝撃の超リアル軍事サスペンス。

安東能明
侵食捜査

入水自殺と思われた女子短大生の遺体。彼女の胸には謎の文様が刻まれていた。疋田は美容整形外科の暗部に迫る――。

岩川 隆
日本の地下人脈 戦後をつくった陰の男たち

岸信介《きしのぶすけ》・満州人脈、児玉誉士夫《こだまよしお》・上海人脈、中曽根康弘《なかそねやすひろ》・海軍人脈……彼らはいかにして君臨し得たのか？

江上 剛
庶務行員 多加賀主水が悪を断つ

人心一新された第七明和銀行。しかし新頭取の息子が誘拐されて……。主水、国家の危機に巻き込まれる！

祥伝社文庫の好評既刊

垣谷美雨　子育てはもう卒業します

就職、結婚、出産、嫁姑問題、子供の進路……ずっと誰かのために生きてきた女性たちの新たな出発を描く物語。

香納諒一　血の冠

警察OB越沼《こしぬま》が殺された。二十六年前の迷宮入り事件と同じ手口で。心の疵《きず》と正義の裏に澱《よど》む汚濁を描く傑作。

河合莞爾　デビル・イン・ヘブン

カジノを管轄下に置く聖洲《きよす》署に異動になった刑事・諏訪《すわ》。カジノの闇に踏み込んだ時、巨大な敵が牙を剝く！

黒木　亮　アジアの隼《はやぶさ》〈上〉

真理戸《まりと》潤《じゅん》は、日系商社に請われ、巨大発電プロジェクトの入札に参加。企業連合が闘う金融戦争の行方は⁉

黒木　亮　アジアの隼〈下〉

巨大プロジェクトの入札をめぐり、邦銀ベトナム事務所の真理戸潤と日系商社の前に、一人の男が立ちはだかる。

柴田哲孝　完全版　下山事件　最後の証言

日本冒険小説協会大賞・日本推理作家協会賞W受賞！　関係者の生々しい証言を元に暴く第一級のドキュメント。

祥伝社文庫の好評既刊

白石一文　ほかならぬ人へ

愛するべき真の相手は、どこにいるのだろう？　愛のかたちとその本質を描く、第142回直木賞受賞作。

新堂冬樹　帝王星《ていおうぼし》

「帝王星は、ふたついらない」――藤堂vs.立花。熾烈さを増す歌舞伎町を制する闘い、ここに完全決着！

瀬名秀明　虹の天象儀

「ねえ、過去に吸い込まれそうになったことない？」閉館直後のプラネタリウムに不思議な少年がやって来た。

立川談四楼　ファイティング寿限無《じゅげむ》

〝飛び道具〟としてボクシングを始めた橘家小龍《たちばなやこりゅう》。のめり込む小龍の前に、不敗の王者が……。爽快&痛快青春小説。

富樫倫太郎　生活安全課0係　バタフライ

少年の祖母宅に大金が投げ込まれた。冬彦と高虎が調査するうちに類似の事件が判明。KY刑事の鋭い観察眼が光る！

富樫倫太郎　生活安全課0係　スローダンサー

「彼女の心は男性だったんです」――性同一性障害の女性が自殺した。冬彦は彼女の人間関係を洗い直すが……。

祥伝社文庫の好評既刊

中田永一
百瀬、こっちを向いて。
「こんなに苦しい気持ちは、知らなければよかった……！」恋愛の持つ切なさすべてが込められた小説集。

中田永一
吉祥寺の朝日奈くん
切なさとおかしみが交叉《こうさ》するミステリ的表題作など、恋愛の〝永遠と一瞬〟がギュッとつまった新感覚な恋物語集。

中山七里
ヒポクラテスの誓い
法医学教室に足を踏み入れた研修医の真琴《まこと》。偏屈者の法医学の権威、光崎《みつざき》とともに、死者の声なき声を聞く。

夏見正隆
TAC《タック》ネーム アリス
闇夜の尖閣《せんかく》諸島上空。〈対領空侵犯措置〉に当たる空自のF15J。国籍不明の民間機が警告を無視、さらに!!

夏見正隆
TACネーム アリス
尖閣《せんかく》上空10vs1
尖閣諸島の実効支配を狙う中国。さらに政府専用機がジャックされた！ 乗員のひかるは姉に助けを求めるが……。

楡 周平
プラチナタウン
堀田《ほった》力《つとむ》氏絶賛！ WOWOW・ドラマW原作。老人介護や地方の疲弊に真っ向から挑む、社会派ビジネス小説。

祥伝社文庫の好評既刊

服部真澄
鷲《わし》の驕《おご》り
日本企業に訴訟を起こす発明家。先端技術の特許を牛耳る米国の特異な「特許法」を巡る、国際サスペンス巨編！

服部真澄
ディール・メイカー
米国の巨大メディア企業と乗っ取りを企てるハイテク企業の息詰まる攻防！世紀の勝負の行方は？

原田マハ
でーれーガールズ
漫画好きで内気な鮎子《あゆこ》、美人で勝気な武美《たけみ》。三〇年ぶりに再会した二人の、でーれー（ものすごく）熱い友情物語。

樋口毅宏
民宿雪国
ある国民的画家の死から始まる、小説界を震撼させた大問題作。昭和史の裏面を抉りながら、衝撃の真相に!!

樋口毅宏
ルック・バック・イン・アンガー
町山智浩《まちやまともひろ》氏、大絶賛!! 世間から蔑《さげす》まれ生きるエロ本出版社の男たちが凄絶な一撃を炸裂！（対談・中森明夫《なかもりあきお》氏）

百田尚樹
幸福な生活
百田作品史上、最速八〇万部突破！圧倒的興奮と驚愕、そして戦慄！ 愛する人の〝秘密〟を描く傑作集。